*Mit unseren Erzählungen
weben wir die Welt.*

Nina Bodenlosz

# Dornröschen, wir müssen reden!

## Märchen, die sich neu erfunden haben

www.tredition.de

© 2018 Nina Bodenlosz
Umschlag, Illustration: Katarina Pollner
Lektorat, Korrektorat: Simone Harland

Verlag & Druck: tredition GmbH, Hamburg

ISBN
978-3-7469-6537-6 (Paperback)
978-3-7469-6538-3 (Hardcover)
978-3-7469-6539-0 (e-Book)

# Inhalt

# Zu diesem Band

Lange Jahre stand es unberührt im untersten Fach meines Bücherregals. Ab und zu strich ich entschuldigend über seinen Rücken, aber ich zog das Buch nicht heraus. Ich glaubte, die alten Geschichten zu gut zu kennen. Und sie begegneten mir ohnehin unentwegt: in der Werbung, in der Literatur und in den alltäglichsten Gesprächen. Überall hatten sie ihre Spuren hinterlassen.

Dann, in einem schlechten Moment, war ich auf der Suche nach dem Vertrauten, um Halt zu finden. Ich nahm das Buch aus dem Regal, ich schlug es in der Mitte auf. Ich blätterte zur nächsten Überschrift. „Vom Angler und einer Frau". Dieses Märchen kannte ich nicht, obwohl mich die Überschrift dunkel an etwas erinnerte. Enttäuscht suchte ich weiter. „Fröschelein", „Gold hat man einfach nie genug" – wo waren die alten Märchen geblieben, die ich früher wieder und wieder von zerkratzten Schallplatten abgespielt hatte? Ich arbeitete mich durch den gesamten Band. Kein Märchen entsprach meiner Erinnerung und die Abweichungen waren gravierend. Hier war etwas vorgefallen.

Ich kam zu dem Schluss, dass sich die Märchen von Grund auf umgeschrieben hatten. Vielleicht waren ihnen nach der langjährigen Vernachlässigung Selbstzweifel gekommen. Hatten sie etwas falsch gemacht? Lag es an ihnen und nicht an mir?

Mag sein, dass sie sich gegenseitig um Rat gefragt hatten.

„Meinst du, dass diese Wendung in mir überzeugend ist? Sollte ein einigermaßen vernünftiger König sich in dieser Situation nicht ganz anders verhalten? Und was ist das für eine Nebenfigur? Die wird völlig unmotiviert eingeführt."

Es mag zu intensiven Arbeitsgruppensitzungen unter den Märchen gekommen sein.

Unbemerkt von mir, der Besitzerin des Buches, hatten sich jedenfalls meine Märchen eine neue Gestalt gegeben. Manche ließen nun Nebenfiguren in den Mittelpunkt treten und ihre Version der Ereignisse schildern. Manche hatten die Handlung in eine andere Zeit verlegt und manche erlaubten es den Protagonisten, eigenwillige Entscheidungen zu treffen, die den Plot völlig aus der Bahn warfen. In jedem Fall hatten sich die Märchen komplett umgekrempelt.

Ich kann nicht naturwissenschaftlich erklären, wie sich gedruckte Seiten nachträglich derartig reformieren können. Ich habe in der Literatur keinen Hinweis auf dieses Phänomen gefunden. Wobei das nichts bedeuten muss. Ich könnte mir vorstellen, dass einflussreiche Kreise dafür sorgen, dass Wissende wie Bibliothekarinnen Schweigen bewahren.

Wie dem auch sei, in meinem Märchenbuch kam es zu schwerwiegenden Veränderungen. Ich kann es beweisen: In diesem Band habe ich vierzehn Märchen versammelt, die sich neu erfunden

haben. Heimlich. In meinem persönlichen Bücher-
regal. Lesen Sie und überzeugen Sie sich selbst!

Berlin, im August 2018

*Nina Bodenlosz*

# Haarprobleme

Es war einmal eine Frau, die lebte in einem hohen Turm inmitten eines tiefen Waldes. Sie konnte sich an keinen anderen Ort erinnern. Immer war dieses runde Zimmer ihre Welt gewesen. Sie hatte ein Fenster, durch das sie weit über den Wald blicken konnte. Über den Wipfeln flogen tags Vögel und nachts Fledermäuse. Manchmal sah sie einen Fesselballon. Sonst war sie allein.

Die Frau sammelte Krumen von ihrem Brot und fütterte damit die Vögel. Sie waren ihr einziger Besuch, abgesehen von der alten Dame. Die Alte durfte die Vögel nicht antreffen, sonst hätte sie sie verjagt. Aber zumeist kam sie um die gleiche Zeit, am frühen Nachmittag, so dass die Frau die Vögel schon lange vorher füttern konnte. Die Alte fuhr auf die Lichtung, lehnte das Rad unten an den Turm und rief, dass die Frau ihr Haar herunterlassen solle. Diese wickelte daraufhin ihren langen, schweren Zopf ab, den sie um ihre Hüften geschlungen hatte, damit er bei der Hausarbeit nicht störte. Er reichte vom Fenster bis auf

11

die Wiese hinunter. Die alte Dame klammerte sich am Zopf fest und die Frau zog sie nach oben. Dort angekommen, schnüffelte die Alte misstrauisch, ob auch niemand anderer dagewesen war, dann prüfte sie, ob ordentlich staubgewischt worden war, und schließlich packte sie den Proviant aus, den sie mitgebracht hatte. Die Frau auf dem Turm konnte die Alte nicht leiden, aber ohne sie wäre sie verhungert. Sie war ihr einziger Kontakt in die Außenwelt. Und so sagte sie zu ihr höflich guten Tag und auf Wiedersehen, bedankte sich für das Essen, selbst wenn es Feldsalat gab, und bemühte sich, jeden Vormittag Staub zu wischen, damit keine Klagen kamen.

Jedoch wurde die alte Dame immer gebrechlicher. Manchmal kam sie erst spät, einmal hatte sie sogar den Proviant vergessen. Schließlich kam der Tag, an dem sie gar nicht erschien. Den ganzen Nachmittag saß die Frau oben in ihrem Fenster und hielt Ausschau. Sie horchte auf das Klappern des Rades. Als es dunkel wurde, wusste sie, dass sie heute hungrig bleiben musste. Am nächsten Tag wartete sie am Fenster, sobald es hell wurde, aber wieder kam kein Besuch. So ging es eine ganze Woche. Die Frau teilte sich das Wasser gut ein, aber nun ging es zur Neige. Sie musste etwas tun, sonst würde sie verdursten. Sie überlegte fieberhaft, wie sie sich an ihrem eigenen Zopf herablassen könnte, aber sie hatte keine Idee. Der Zopf war an ihrem Kopf festgewachsen, wie sollte sie ihn da als Leiter nutzen können? Das Plumpsklo war neben dem

Fenster die zweite Öffnung nach unten, aber dort ging es nicht weniger steil und gefährlich hinab. Der Frau schien dieser Weg außerdem viel zu ekelhaft.

Sie saß also im Fenster und weinte. Ihre Krumen hatte sie eingesammelt, damit sie selbst noch ein wenig zu essen hatte. Und so blieben auch die Vögel weg. Es war einsam. Da hörte sie eine Stimme.

„Hallo!"

Ein Mann stand vor dem Turm und starrte nach oben.

„Guten Tag", sagte die Frau.

„Was machst du da oben? Bist du am Ende Rapunzel?", fragte der Mann.

„Genau. Das ist mein Name", sagte die Frau. „Und wer bist du?"

„Ich bin der Prinz."

„Ein richtiger Prinz, wie im Märchen?"

„So ähnlich", sagte der Mann. Von oben sah er ganz und gar unprinzlich aus. Seine Hose war ausgebeult, er hielt sich schlecht und sein Gesicht war verdeckt von einem dichten, zotteligen Bart.

„Wirst du mich retten?", fragte Rapunzel. Sie bezweifelte, dass dieser Prinz in der Lage war, sie aus dem Turm zu holen. Aber schließlich war er doch ein Prinz.

„Ich weiß, dass ich das tun sollte", sagte der Prinz. „Es ist meine Aufgabe."

„Ach?"

„Ich hätte schon vor langer Zeit kommen sollen. Es tut mir sehr leid. Ich hatte zu viel zu tun. Ich fühlte mich noch nicht bereit, meine Dame zu retten."

„Was hast du denn sonst gemacht?"

„Ich bin gereist, ich habe an Turnieren teilgenommen und viermal die blaue Minna gewonnen. Ich habe auch geübt, damit ich nichts falsch mache, wenn es darauf ankommt. Ich meine, eine Dame in Not zu retten ist eine ziemliche Verantwortung. Da habe ich mit ein paar anderen Frauen trainiert, wie sie zu retten wären, gesetzt den Fall, sie wären in Not. Das ist mir ja nicht in die Wiege gelegt worden, das Retten."

„Aber jetzt bist du bereit, mich aus dem Turm zu holen? Ich fände das gut, denn ich bin ganz alleine und habe weder etwas zu essen noch zu trinken."

„Oh", sagte der Prinz und ließ den Kopf hängen. „Eigentlich wollte ich nur vorbeischauen und mich vorstellen. Ich will nichts übers Knie brechen. Wir sollten uns erstmal besser kennenlernen."

„Wenn du noch länger wartest, dann brauchst du mich nicht mehr retten."

„Ich fühle mich jetzt irgendwie gedrängt, ehrlich gesagt. So kann ich nicht arbeiten", sagte der Prinz und ging einen Schritt zurück in Richtung des Weges, der auf die Lichtung führte.

„Bitte, lieber Prinz", rief Rapunzel. „Es ist dringend. Ich fühle mich schon ganz schwach."

Der Prinz seufzte. „Ok", sagte er dann. „Aber beschwer dich nachher nicht, wenn es dir nicht gefällt."

„Ich bin mit jeder Art Rettung absolut einverstanden", sagte Rapunzel schnell.

„Und wie geht das jetzt hier?", fragte der Prinz. „Gibt es eine versteckte Treppe, die ich finden muss? Oder eine Rosenhecke? Ich habe mein Schwert vergessen, fällt mir ein."

„Nein, nein. Einen Augenblick", sagte Rapunzel. Sie wickelte ihren Zopf ab und ließ ihn herunterhängen.

„Sind das deine Haare? Die sind ja ganz grau", sagte der Prinz.

„Entschuldigung, aber die Haarfarbe ist mir ausgegangen. Sobald wir im Schloss sind, kann ich wieder blond werden. Außerdem, wenn du ein paar Jahrzehnte früher gekommen wärst, dann hätte ich noch keinen grauen Haare gehabt."

„Ich weiß, ich bin immer an allem schuld. Am besten gehe ich einfach wieder."

„Alles ist gut", sagte Rapunzel. „Komm nur rauf zu mir."

„Du meinst, ich soll an diesem dünnen Zopf da hochklettern? Das kann ich nicht. Schon in der Schule war ich im Seilklettern eine Niete."

„Halt dich nur fest, ich zieh dich rauf."

„Niemals. Wenn das reißt? Außerdem habe ich Rücken."

Rapunzel war langsam am Ende mit ihrer Geduld. Nicht einmal die alte Dame hatte sie so entnervt. Musste sie mit diesem Prinzen den Rest ihres Lebens verbringen? Wie war die Etikette? Und musste sie sich daran halten? Sie würde einen Ausweg finden. Zunächst musste er sie aber endlich aus dem Turm retten.

„Was ist jetzt?", fragte sie.

„Es bleibt mir ja nichts übrig, ich riskier's", sagte der Prinz.

Er packte den Zopf und zerrte daran. Es ziepte, aber Rapunzel beschwerte sich nicht. Sie wollte raus aus diesem Turm und für Rettungen brauchte man einen Prinzen. So war das. Da half nichts.

Der Prinz war etwas schwerer als die alte Dame, aber wenn er sich ruhig verhalten hätte, hätte Rapunzel ihn ohne Mühe emporziehen können. Sie hatte regelmäßig ihre Armmuskeln trainiert. Der Prinz aber zappelte und schaukelte. Rapunzel umklammerte den Zopf, doch schließlich glitt er ihr aus den Händen. Mit einem Ruck fiel der Prinz mit dem Ende des Zopfs nach unten, verlor den Halt und landete in einem Dornbusch.

Er schrie und fluchte. Er hatte Rapunzel beim Sturz einige Haare ausgerissen und das tat weh, aber sie beklagte sich nicht, sondern versuchte, den Prinz zu beruhigen. Ohne Erfolg. Er murmelte etwas von Bandscheibenvorfall oder so ähnlich und humpelte demonstrativ über die Wiese, die Hand in den Rücken gestützt.

Nach einer Weile wagte Rapunzel zu fragen: „Versuchst du es jetzt noch einmal?"

„Niemals!", schrie er. „Sobald ich wieder einigermaßen gehen kann, schleppe ich mich zum Orthopäden. Ein paar Wochen werde ich mich sicher schonen müssen, bevor ich dieses Himmelfahrtskommando noch einmal angehe. Vielleicht wird es mir der Arzt auch für alle Zeit verbieten. Ich habe es versucht, das hast du gesehen. Es sollte nicht sein. Sollte mein Rücken sich jemals erholen, wovon ich leider nicht ausgehe, werde ich selbstverständlich weitere Rettungsversuche unternehmen. Ich bin mir meiner Pflicht bewusst. Im Moment geht jedoch die Gesundheit vor. Drück mir die Daumen, dass alles glimpflich verläuft." Er humpelte zum Weg und in den Wald zurück.

Rapunzel saß im Fenster und fing wieder an zu weinen. Sie hatte schrecklichen Durst und trotzdem flossen noch immer die Tränen. Eigentlich ein Wunder der Natur, dachte sie. Dann rief sie sich zur Ordnung. Jetzt war nicht die Zeit für Grübeleien über Physiologie. Sie musste eine Lösung finden.

Sie holte den Zopf hinauf und legte ihn auf den Boden. Tatsächlich sah ihr Haar schrecklich aus. Es war trocken und stumpf. Sie hatte kein Wasser, um es zu pflegen, geschweige denn eine Kurpackung. Wahrscheinlich ließ sie das graue, spröde Haar älter aussehen, als sie war. Unpraktisch war der Zopf ohnehin. Sie musste ihn viele Male um ihren Körper winden und das war lästig bei der Hausarbeit.

Sie glaubte nicht, dass der Prinz zurückkommen würde. Auf jeden Fall nicht rechtzeitig, um ihr zu helfen. Dann brauchte sie den Zopf nicht mehr behalten, beschloss sie. Sie griff nach der Küchenschere und schnitt den alten Zopf entschlossen ab.

Im Spiegel sah die neue Frisur nicht schlecht aus.

Tatsächlich wirkte sie jünger und weniger hausbacken. So alt war sie noch nicht. Die besten Jahre lagen vor ihr. Sie wollte hier nicht vor Hunger und Durst sterben.

Ihr Blick fiel wieder auf den Zopf. Es war so simpel, sie hätte sich ohrfeigen können. Sie fasste den Zopf auch oben fest mit einer Schnur zusammen. Dann band sie ihn am Bettpfosten fest und ließ ihn durch das Fenster nach unten baumeln. Sie würde ein Stück springen müssen, aber lieber ein gebrochenes Bein oder, wie hatte das geheißen, einen Bandschleifenverfall, als hier oben zugrunde zu gehen.

Sie schwang sich aus dem Fenster und hangelte sich mit ihren wohltrainierten Armen nach unten. Als sie nach dem Sprung landete, fiel sie hin. Vorsichtig prüfte sie ihre Gelenke, doch alles schien in bester Ordnung.

Die Wiese duftete nach Sommerblüten. Eine Hummel brummte an ihrem Gesicht vorbei. Sie stand auf, klopfte sich den Staub von den Gewändern und ging los. Zuerst musste sie eine Quelle finden. Dann stand ihr die Welt offen.

# Hundert Jahre Schlaf

„Röschen, Röschen, kommst du? Der Ballettunterricht beginnt."

Rose, genannt Röschen, stöhnte und hielt sich die Ohren zu. Sie blieb auf dem Bett liegen und las noch einen Absatz. Das Buch war ein Krimi, keine Lektüre, die Roses Mutter befürwortet hätte. Aber Rose liebte es, in ihrem Himmelbett zu liegen, einen Krimi zu lesen und Pralinen zu essen. Sie wäre am liebsten nie wieder aufgestanden. Doch die Mutter rief noch einmal. Rose legte das Buch zur Seite, rollte sich aus dem Bett und lief in den Tanzsaal, wo die Ballettmeisterin schon auf sie wartete.

Roses Schwester, Zinnia, übte fleißig, doch die Ballettmeisterin war wegen Rose da. Sie war einmal eine berühmte Ballerina gewesen und eigens an den Hof geholt worden, um Rose zu fördern. In allen Fächern unterrichteten Rose Meister ihres Fachs. Fechten, Geschichte, Französisch, Chinesisch, Ackerwirtschaft, Geographie, Alchemie, Algebra, Kaligraphie und Astronomie gehörten neben dem Ballett zu ihrem Stundenplan. Ihre Gaben mussten gefördert werden. Sie waren eine Verantwortung.

Rose selbst hatte nicht das Gefühl, besonders begabt zu sein. Sie lernte nicht gern und ihre Lehrer verzweifelten. „Wüsste ich es nicht besser, Prinzessin", sagte die Algebralehrerin, „dann würde ich glauben, ihr hättet keinen Kopf für Mathematik. Was mache ich falsch?" Die anderen Lehrer waren nicht zufriedener mit Roses Leistungen. Die Königin tauschte sie aus, sobald sie einen neuen Gelehrten fand, aber es half nichts.

Dabei wusste jedes Kind, dass Rose keine normale Schülerin war.

Lange Jahre hatten ihre Eltern auf ein Kind warten müssen. Nach Roses Geburt waren sie umso glücklicher und gaben ein großes Fest. Alle bekannten und berühmten Leute im Land sollten kommen. Der König bestand darauf, auch die dreizehn Feen einzuladen. Mit denen sollte man es sich nicht verderben, selbst als König nicht, schließlich konnten sie zaubern. Doch die Königin konnte die dreizehnte Fee nicht leiden. Bei der königlichen Hochzeit hatte diese behauptet, der Hochzeitskuchen sei zu trocken. Und diesen Kuchen hatte die Mutter der Königin selbst gebacken.

Die Königin sagte also: „Lieber Gemahl, du hast vollkommen recht, wir müssen die Feen einladen.

Aber wir haben schon so viele Einladungen verschickt, dass wir nur noch zwölf Teller übrig haben. Wir können doch niemanden zu Tisch bitten und ihm keinen Teller hinstellen. Die dreizehnte Fee muss daher leider zu Hause bleiben. Ihr hat bei der Hochzeit das Mahl nicht gemundet. Also wird sie es uns nicht übel nehmen." Und so geschah es.

Natürlich war die Geschichte mit dem Teller fadenscheinig, denn im Schloss gab es genug Teller. Zur Not hätte man einen kaufen können. Aber der König, der sich für Haushaltsdinge nicht interessierte und die dreizehnte Fee selbst nicht besonders schätzte, wollte seiner Frau nicht widersprechen.

Am Tag des Festes brachte jeder Gast dem kleinen Röschen ein Geschenk. Schließlich traten die zwölf Feen an die Wiege. Die erste beugte sich über das Kind, berührte es sachte an der Stirn und versprach, dass es eine herausragende Astronomin werden würde. Die zweite schenkte Röschen eine Begabung für das Ballett, die dritte sagte ihr voraus, dass sie die Geschichtsschreibung revolutionieren würde und so weiter. Als die zwölfte gerade zu reden ansetzte, stürzte die dreizehnte Fee in den Saal. Ein schwarzer Umhang wogte um ihre Gestalt, ihr Haar plusterte sich um ihren Kopf. Sie rauschte auf die Wiege zu und ihr Gesicht verhieß nichts Gutes. Mit zitterndem Zeigefinger deutete sie auf das Kind und verfluchte es. In seinem fünfzehnten Lebensjahr sollte sich das Röschen an einer Spindel stechen und sterben.

Die Wachen versuchten die dreizehnte Fee zu fassen, aber sie verschwand in einer Wolke aus Rauch und Schwefel. Die Königin schrie: „Tut doch etwas!", der König saß wie vom Donner gerührt, jemand stieß ein Glas vom Tisch. Als sich der Lärm gelegt hatte, räusperte sich die zwölfte Fee, wandte sich zum Kind in der Wiege, legte ihm die Hand auf das Herz und sprach: „Ich kann den Fluch nicht aufheben, aber ihn mildern. Du sollst nicht sterben, sondern in einen hundertjährigen Schlaf fallen."

„Das ist alles, was du zu bieten hast?", fragte die Königin.

„Tut mir leid."

Der König sagte: „Wozu all die großen Talente, wenn sie ihr Leben im Bett verbringen soll?"

Die Königin hatte sich inzwischen gefasst.

„Pass auf", sagte sie zu ihrem Gemahl. „Unser begabtes Röschen hat Besseres zu tun, als zu häkeln, zu stricken oder zu spinnen. Sie wird nie eine Spindel zu Gesicht bekommen und damit ist der Fluch gegenstandslos. Aber bringt zur Sicherheit alle Spindeln fort."

Rose wurde in allem gefördert außer in Handarbeit. Ihr wurden historische Werke zum Einschlafen vorgelesen, Formeln zierten die Wand ihres Gemachs und vom ersten Schritt an wurde sie von Ballettmeistern unterrichtet.

Als Rose ein Jahr alt war, wurde die Königin erneut schwanger. Eine Schwester, Zinnia, kam auf die Welt. Natürlich gab es auch diesmal ein Fest, aber es wurden nur ein paar Honoratioren aus der Stadt eingeladen. Die Königin war damit ausgelastet, Röschen zu erziehen. Eine zweite Tochter war nicht eingeplant gewesen.

Zinnia jedoch lernte unermüdlich, sobald sie in der Lage war, Roses Unterricht zu folgen. Schloss man sie aus, schlich sie sich ein, so dass die Eltern schließlich resignierten und Zinnia tun ließen, was sie wollte.

Rose konnte nicht verstehen, was mit ihrer Schwester los war. Verrückt musste die sein, freiwillig zu studieren und zu trainieren, wenn sie auch spielen und träumen hätte können. Sie beneidete Zinnia und konnte sie nicht ausstehen.

Der Ballettunterricht dehnte sich ins Unendliche. Rose taten die Beine weh, sie vergaß die Schritte und stolperte über ihre Füße. Die Meisterin ließ Rose die Bewegungen wiederholen, bis dieser Tränen über die Wangen liefen vor Schmerz und Langeweile. Endlich wurde der große Gong geschlagen. Es folgte eine kurze Pause bis zum Geschichtsunterricht.

Rose lief in ihr Turmzimmer und ließ sich auf das weiche Bett plumpsen. Schon fielen ihr die Augen zu. „Röschen, Röschen", hörte sie von ferne, aber sie schlummerte weiter, bis die Königin sie persönlich rüttelte. Sie gähnte und schleppte sich in den Unterricht. Während der Lehrer von großen Schlachten berichtete, schaute Röschen aus dem Fenster. Sie war so müde. Sie wollte nichts mehr lernen. Irgendwann musste das doch ein Ende haben. Fast fünfzehn Jahre hatte sie in diesem Trott gelebt.

„Fast fünfzehn Jahre?", wiederholte Rose laut.

„Nein, hundert Jahre dauerte der hundertjährige Krieg, Prinzessin", sagte der Lehrer und raufte sich die Haare.

Am nächsten Tag legte Rose sich in den Pausen nicht ins Bett. Sie streifte durch das Schloss und stöberte in allen Schränken. Zinnia fragte, was sie suchte, aber Rose schlug ihr die Türen vor dem naseweisen Gesicht zu. Weitere drei Tage blickte sie in alle Kästen und Kisten, schaute in alle Zimmer und Kammern und stieg schließlich bis unter das Dach. Dort wurden die goldenen Teller und Kelche für große Empfänge gelagert, aber auch Allerlei, für das sich kein anderer Ort gefunden hatte. Eine Spieldose mit einer Ballerina schob sie mit Verachtung zur Seite, ihren mathematischen Spielklötzchen gönnte sie keinen zweiten Blick. Doch ganz unten in einer abgestoßenen Kiste im hintersten Winkel fand sie endlich einen Gegenstand, den sie nicht kannte. Sie betrachtete ihn neugierig. Konnte das sein, was sie suchte? Sie musste es probieren, es war ihre einzige Chance. Sie nahm das Ding mit in ihr Zimmer und versteckte es unter der Matratze.

Am dreizehnten Juni sangen ihr die Geburtstagsgratulanten um Mitternacht wie jedes Jahr ein

Ständchen und stießen auf sie an. Rose lächelte höflich und gähnte deutlich. Endlich verließen die Gratulanten ihr Zimmer. Rose legte sich auf das Bett und zog den Gegenstand unter der Matratze hervor. Er war auf einer Seite spitz und scharf. Sie zögerte einen Moment, dann stach sie sich beherzt in den Finger und fiel kurz darauf in tiefen Schlaf.

Am Morgen betrat die Zofe das Zimmer, um Rose zu wecken, und fand diese auf ihrem Bett. Ihr Atem ging tief und gleichmäßig und neben ihrer Hand lag eine Spindel. Die Zofe erschrak und versuchte die Prinzessin zu wecken. Es gelang ihr nicht. Die Königin selbst und alle Leibärzte und Quacksalber, die zu finden waren, bemühten sich. Sie zwickten Rose, flößten ihr Tränke ein und legten kalte Wickel an, doch die Prinzessin öffnete die Augen nicht. Schließlich gaben sie auf und verließen bedrückt das Gemach.

Zinnia stand in der Ecke des Zimmers. Sie blieb allein zurück, als die anderen gingen. Mucksmäuschenstill wartete sie ab. Schon blinzelte Rose, dehnte sich genüsslich und setzte sich auf. Sie sah ihre Schwester und erschrak.

„Keine Angst", sagte Zinnia, „ich verrate dich nicht."

„Ausgerechnet du willst auf meiner Seite sein? Ich habe dich nie gemocht", sagte Rose.

„Und ich habe dich immer bewundert", sagte Zinnia. „Du hast all das, was ich mir wünsche."

„Unsinn. Du bist frei und verzichtest darauf. Wie dumm", sagte Rose.

„Jetzt hast du einen Weg gefunden, selbst frei zu sein", antwortete Zinnia.

„Aber es gibt da ein paar Probleme."

„Das dachte ich mir. Was ist mit Essen und Trinken? Was mit dem Gang zur Toilette und dem Waschen?"

„Genau", sagte Rose. „Daran habe ich nicht gedacht."

„Und da komme ich ins Spiel", sagte Zinnia.

Sie wurden sich rasch einig. Zinnia versorgte Rose und schützte sie davor, entdeckt zu werden. Sie tat das gerne, denn jetzt war Zinnia die Thronfolgerin. Sie durfte alles lernen, was sie lernen wollte. Die Lehrer waren begeistert über ihre neue Schülerin. Sie hatte keine Talente in die Wiege gelegt bekommen und konnte trotzdem so vieles.

Allerdings verbreitete sich die Nachricht, dass Rose von einem Fluch getroffen worden wäre, und immer mehr Prinzen strömten herbei, um die Prinzessin zu erlösen. Woher auch immer das Gerücht kam, sie glaubten, ein Kuss von ihnen würde Rose wecken. „Männliche Hybris", nannte es Zinnia, obwohl Rose keine Ahnung hatte, was das bedeutete.

Die Sache mit den Prinzen war äußerst unangenehm. Manchmal kamen drei an einem Tag und Rose musste sich küssen lassen, ohne die Miene zu verziehen.

Zinnia fand aber auch dafür eine Lösung. Sie beriet sich mit dem Gärtner und pflanzte eine dichte Dornenhecke um den Turm, in dem Roses Zimmer lag. Die Hecke wurde gut gedüngt und gepflegt und so wuchs sie rasch empor. König und Königin wunderten sich, aber sie glaubten, dass die Dornenhecke ein Teil des Fluches sei und dazu diente, den richtigen Prinzen herauszufinden.

Natürlich konnte man den Turm vom Schloss aus durch einen Geheimgang bequem betreten, aber die Prinzen standen nun hilflos davor. Die Hecke war dicht und störrisch, die Dornen lang und scharf wie Dolche. Manch ein Prinz verletzte sich schwer, wenn er die Hecke überwinden wollte. Viele Prinzen versuchten ihr Glück, aber keiner hatte Erfolg.

Und so waren alle glücklich. Rose durfte schlafen und nachts Krimis lesen, Zinnia wurde eine kluge und gebildete Thronfolgerin und die Eltern gewöhnten sich langsam daran, auf ihre zweite Tochter zu zählen.

Allein der Strom der Prinzen riss nicht ab. Es hatte sich schon ein Quacksalber im Schlosshof eingerichtet, der die Verletzten gegen gutes Geld versorgte.

Nach etlichen Jahren nahte schließlich Theodor der Schneidige auf einem schnaubenden grauen Streitross. Er war der stärkste und gefährlichste Prinz weit und breit. Sein Schwert tanzte so schnell, dass man ihm mit den Augen nicht folgen konnte. Sein

Ross galoppierte mit donnernden Hufen in den Schlosshof und kam in einer Staubwolke zum Stehen. Hinterdrein schlurfte ein struppiges Pony, auf dem saß Prinz Otto, Theodors Cousin. Er hatte nicht mitkommen wollen, aber Theodor brauchte eine Begleitung, neben der er noch heldenhafter aussah. Dafür war Otto bestens geeignet. Otto hatte große Augen, die immer erstaunt blickten, sein Haar war lang und gelockt. Er ließ die Zügel locker hängen, sang ein Lied und las in einem Buch, während das Pony einherschlenderte und ab und zu nach ein paar saftigen Blättern schnappte. Manchmal sank Otto im Halbschlaf vom Sattel, aber er machte sich nichts draus, lachte, stieg wieder auf und sang weiter. Theodor hatte inzwischen bereut, dass er seinen Cousin mitgenommen hatte. Er war ihm peinlich.

Im Schlosshof stieg Theodor ab und überreichte Otto die Zügel. Er zückte sein Schwert und begann es zu schwingen. Doch kaum hatte er einen Dornenzweig von der Hecke abgehackt, wuchsen zwei neue nach. Theodor hackte schneller und schneller und die Hecke wuchs mehr und mehr. Schließlich musste er innehalten. Schweiß lief ihm über das Gesicht und er schnaufte.

„Gib mir dein Schwert", keuchte er.

Otto schreckte hoch, er war eingeschlafen. „Was?"

„Gib mir dein Schwert!"

Otto zog sein Schwert aus der Scheide. Es war rostig und verbogen. Theodor ekelte sich, aber was blieb ihm übrig, er griff nach dem zweiten Schwert.

Er bemerkte wohl, dass der Hofstaat in den Fenstern des Schlosses stand und ihn beobachtete. Zwischen dem Königspaar stand eine kecke junge Frau mit einer Krone auf dem Kopf. Die hätte ihm gefallen. Schade, dass das nicht das Dornröschen war, das er ohne Zweifel bald retten würde. Und dann musste er sie heiraten. Prinzsein war kein Honigschlecken.

Er holte tief Luft, dann hob er beide Schwerter, eines in der rechten und eines in der linken Hand, stieß einen Kampfschrei aus und ging wie ein Berserker auf die Hecke los. Erst glaubte er, wieder nichts auszurichten, doch dann wurden die Ranken dünner. Schließlich erkannte er eine Tür hinter der Hecke, hackte die letzten Äste weg und war am Ziel. Er warf die Schwerter zu Boden, schaute sich noch einmal um und stellte fest, dass die junge Frau mit der Krone jetzt im Schlosshof stand, zwinkerte ihr zu und rannte durch die Tür und die Wendeltreppe nach oben. Eigentlich hatte er Zeit, aber er wollte es dramatisch aussehen lassen. Eine Rettung musste stilvoll erfolgen. Die Wendeltreppe wand sich viele Male. Ihm wurde schwindelig, aber er hastete weiter. Dann erreichte er eine weitere Tür, stürmte hindurch, stand vor einem Himmelbett und fand darin erwartungsgemäß eine junge Frau, nicht unbedingt sein Typ, aber es half ja nichts. Er gab sich einen Ruck und tat seine Pflicht. Er presste den Mund fest auf die Lippen der Schlafenden. Dornröschen fühlte sich warm und weich an, gar nicht verflucht. Aber sie öffnete die Augen nicht. Er küsste sie ein weiteres Mal. Nichts geschah. Was war da los? Er hatte die Hecke überwunden, er war ein Prinz, und was für einer, er küsste die Prinzessin, wo war der Fehler?

„Das funktioniert nicht", sagte jemand hinter ihm. Er schoss herum. Die kecke junge Frau natürlich. Stand in der Tür und blitzte ihn an.

„Unmöglich", sagte er und schickte sich an, Dornröschen ein weiteres Mal zu küssen.

„Hör auf. Wenn du jemanden küssen willst, warum nicht mich?"

„Du bist nicht Dornröschen."

„Aber eine Prinzessin bin ich auch. Zudem eine äußerst wache."

„Nicht dass ich dein freundliches Angebot nicht zu schätzen wüsste, doch ich bin hier, um den Fluch aufzuheben."

„Du musst nicht alles glauben, was die Leute erzählen."

„Hä?"

„Woher weißt du, dass es einen Fluch gibt? Und dass du ihn aufheben kannst? Ich verrate dir ein Geheimnis: Diese Feen, die können gar nicht zaubern. Machen ein Riesenbrimborium, aber das ist alles nur Show. Glaub mir, Dornröschen ist nicht besonders begabt, eigentlich sogar ein bisschen doof."

Rose auf dem Bett warf Zinnia einen bösen Blick zu. Dann schloss sie die Augen schnell wieder, damit der Prinz nichts bemerkte.

„Aber sie ist doch in Schlaf gefallen."

„Warum auch immer. Ein Zufall. Sicherlich lässt sich das wissenschaftlich erklären. Auf jeden Fall wacht sie ja offensichtlich durch deinen Kuss nicht auf. Obwohl du alles richtig machst: Du bist ein Prinz, du bist ein Held, du siehst gut aus und vermutlich küsst du auch ganz ausgezeichnet."

„Meinst du?"

„Ich gehe davon aus, aber ich weiß es natürlich nicht."

„Ich kann es dir gerne beweisen." Der Prinz ging auf Zinnia zu und küsste sie auf den Mund.

„Wenn Dornröschen davon nicht aufgewacht ist, dann ist mit ihr etwas nicht in Ordnung", sagte Zinnia. „Ich hingegen würde mich gerne noch ein bisschen mehr aufwecken lassen."

Eine gute Weile später sagte Theodor: „Und jetzt?"

„Jetzt könntest du, wo du schon hier bist, einfach mich heiraten und Dornröschen in Ruhe lassen."

„Ach ja?"

„Definitiv."

Als die beiden gegangen waren, blinzelte Rose. Sie gähnte, stand auf, wusch sich die Lippen, ging auf die Toilette, nahm sich ein Nusshörnchen vom Tablett auf dem Tisch und legte sich wieder ins Bett. Sie schlug ihren Krimi auf und begann zu lesen. Nach ein paar Seiten fiel ihr das Buch aus der Hand und sie schlummerte wieder ein.

Otto hatte im Schlosshof auf seinem Pony gesessen und gedöst. Jetzt wachte er auf, weil sein Magen knurrte. Die Zügel des Schlachtrosses hatte er fallen lassen und so hatte sich das große Pferd davongemacht. Theodor würde ganz schön sauer sein. Wo war der eigentlich? Aus dem Schloss waren Bravorufe und Applaus zu hören. Wahrscheinlich feierte Theodor schon seine Verlobung mit Dornröschen.

Otto hatte furchtbaren Hunger. Rücksichtslos von Theodor, dass er ihn nicht geweckt hatte, bevor das Fest losging. Zweifellos gab es Wein und erlesene Speisen. Vor der Tür zum Schloss standen zwei Wachen, die Otto von Kopf bis Fuß musterten und nicht passieren ließen. Er beteuerte, ein Prinz zu sein, aber die Wachen lachten nur.

Otto zuckte mit den Schultern und schaute sich um. Die Tür zum Turm stand offen. Die Hecke war in einem schrecklichen Zustand. Hoffentlich stand die Art nicht unter Naturschutz, denn Theodor hatte wild gewütet. Otto ging zum Turm und stieg die Stufen hinauf. Vielleicht gab es in Dornröschens Zimmer etwas zu essen. Für Retter bereitgestellt sozusagen. Es schien ihm unwahrscheinlich, aber eine bessere Idee, Proviant aufzutreiben, hatte er nicht. Er fand Dornröschens Zimmer und die Nusshörnchen auf dem Tisch. Er nahm sich eines und biss hinein. Dann erst sah er, dass eine Frau im Bett lag. Das verwirrte ihn. Alle Umstände wiesen darauf hin, dass eine ordnungsgemäße Rettung stattgefunden hatte, aber hier lag eine Frau und schlief.

Er konnte sich darüber nicht länger Gedanken machen. Das Bett war breit und weich. Otto fühlte bleierne Müdigkeit. Tagelang hatte er nur auf dem Pony und nachts auf dem Boden geschlafen. Er hatte sich ein gemütliches Bett bitter verdient. Er zog die Stiefel aus und schlüpfte unter die Bettdecke. Ihm wurde warm und es roch angenehm nach Nusshörnchen. Er warf einen vorsichtigen Blick auf die Frau. Sie sah freundlich und harmlos aus. Eine Frau, mit der man gemütliche Tage im Bett verbringen konnte. So hatte er sich seine Zukünftige immer gewünscht. Wenn man schon heiraten musste, dann doch eine, mit der man es ruhig und nett haben konnte. Vielleicht, so dachte er, würde es ja etwas werden mit ihm und dieser Frau. Doch zunächst musste er Schlaf nachholen.

Und wenn sie nicht gestorben sind, dann schlafen sie noch heute.

# Vom Angler und einer Frau

Es war einmal ein Butt, der hatte ein angenehmes Leben. Vielleicht war er eigentlich eine Scholle, aber das war ihm ganz egal. Er schwamm in der Nordsee hin und her, grub sich in den weichen Wattboden und lernte ab und zu eine Buttdame näher kennen. Vielleicht war das dann auch eine Scholle, doch wen kümmerte es?

Jedenfalls stromerte der Butt gerne in der Nähe der Küste herum und schnappte neugierig nach allem, was da kroch oder blinkte. Die ollen Flundern hatten ihn davor gewarnt, aber der Butt sagte sich: Wer nichts wagt, der nichts gewinnt.

Und so lag er gemütlich im Schlamm dicht vor der Küste und wartete auf das, was das Leben ihm bringen würde. Schon sah er einen verheißungsvollen Bissen und schnappte zu.

Das Ding war glatt und hart. Er wollte es wieder ausspucken, aber es biss sich in seinem Maul fest und ließ nicht los. Im Gegenteil, es begann zur Wasseroberfläche zu schwimmen und zog ihn mit. Es hatte Bärenkräfte für so ein kleines Ding. Ich hätte mal auf die ollen Flundern hören sollen, schoss dem Butt durch den Kopf, dann hing er über den Wellen und rang nach Atem. Sein Maul brannte. Ein Tier griff mit seinen Klauen nach ihm und er plumpste auf einen eklig trockenen Grund. Er wand sich, aber er konnte nicht fliehen. Die Luft trug ihn nicht.

Das Tier beugte sich über ihn. Es hatte glänzende Schuppen, an der oberen Hälfte ganz gelb. Die Augen waren links und rechts neben der Nase angebracht. Der Butt versuchte, nicht hinzustarren, das arme Tier konnte ja nichts dafür, aber das Gesicht war symmetrisch. Kein schöner Anblick.

„Was für ein Brocken", sagte das Tier. Da es sprechen konnte, war es vermutlich ein Mensch. Das gab ihm aber, nicht das Recht, beleidigend zu werden.

„Ich habe für mein Alter eine ziemlich gute Figur", gab der Butt zurück, ohne zu grüßen.

Der Mensch stutzte. „Du kannst sprechen."

„Was hast du denn gedacht?" Vielleicht sollte er etwas höflicher sein, dachte der Butt. Schließlich hatte ihn der Mensch am Angelhaken. Offensichtlich handelte es sich um einen jener Angler, von denen in Gruselgeschichten für kleine Butte immer die Rede war.

„Oh", sagte der Mensch. „Das ist mir jetzt unangenehm. Ist es nicht pietätlos, ein sprechendes Tier zum Abendbrot zu verzehren?"

„Allerdings", sagte der Butt. „Es bringt Unglück!"

„Ich habe aber sonst nichts gefangen und heute Abend kommt Ilsebill zu Besuch. Wenn ich nichts Ordentliches auf den Tisch stelle, bleibt sie nicht über Nacht. Sie rümpft eh die Nase über meine schäbige Hütte und meint, ich solle die schmutzigen Socken aufheben, bevor ich Besuch einlade. Und ich bin nicht zum Aufräumen gekommen, weil nichts angebissen hat. Außer einem sprechenden Fisch."

„Den du nicht essen solltest!", sagte der Butt.

„Tut mir leid, guter Freund, aber mir bleibt keine Wahl. Ilsebill oder du. Dich kenne ich erst seit ein paar Minuten und Ilsebill hat die bessere Figur."

Schon wieder diese diskriminierenden Sprüche. Dieser Mensch ging dem Butt gewaltig auf die Nerven, aber er musste diplomatisch bleiben. Er überlegte blitzschnell, was er tun sollte. Der Mensch holte ein Messer aus seiner Hosentasche. Dem Butt fiel nichts ein.

„Halt", schrie er dennoch.

„Was ist?"

„Ich bin – ein verwunschener Prinz!"

„Das sagst du doch nur, damit ich dich nicht zum Abendessen serviere."

„Nein, ehrlich", die Gedanken des Butts rasten, „ich bin von einer Wasserfrau verzaubert worden. Deswegen kann ich auch sprechen."

„Ach echt?" Der Mensch wischte die Klinge des Messers an seinem Hosenbein sauber und bückte sich, um nach dem Butt zu greifen.

„Ich mach dir ein Angebot!", quiekte der Butt verzweifelt.

„Ja?"

„Ein Angebot", quiekte der Butt noch einmal.

„Ja?", wiederholte der Mensch. „Was schlägst du vor? Sonst sei einfach ruhig und lass es uns würdevoll hinter uns bringen. Ich brate dich auch ganz sanft an und kaufe extra noch Bio-Zitrone."

Der Butt schluckte. „Ich kann deine Hütte in ein hübsches Häuschen verwandeln."

„Im Ernst?" Der Mensch schien ihm nicht zu glauben. Er packte den Haken, dem Butt tat das Maul wieder weh.

„Isch kann dasch wirklisch", sagte er. „Schon gescheschen. Schau nasch. Du kannsch misch nascher wiescher insch Meer werfen, aber bitte schnell."

„Was soll's", sagte der Mensch. „Nachschauen kann ich ja mal."

Er zog den Butt am Maul hoch und warf ihn in einen Eimer mit brackigem Wasser. Wenigstens konnte man darin atmen. Er hörte den Mann weggehen. Nach einer Weile kamen die Schritte zum Glück zurück.

Der Butt wurde aus dem Eimer gehoben.

„Tatsächlich! Ein prima Häuschen und drinnen ist super aufgeräumt. Das wird Ilsebill gefallen. Bloß, was sollen wir essen?"

„Vegetarisch?", schlug der Butt vorsichtig vor. „Kartoffeln und Quark? Mit Bio-Zitrone?"

„Na gut", sagte der Angler. „Ilsebill sagt sowieso, ich esse zu viel Fleisch und Fisch. Vielen Dank!" Er warf den Butt zurück ins Meer.

Der atmete erleichtert tief durch. Wie gut, dass es geklappt hatte mit der Zauberei. Er hatte befürchtet, dass seine Kräfte nur unter Wasser wirksam wären. Die ollen Flundern hatten das behauptet. Gute Idee mit dem Prinzen, lobte er sich selbst. Natürlich war er einfach ein Butt und konnte deshalb sprechen und zaubern, aber gutes Storytelling war alles, da sah man es wieder. Er schwamm zügig ein paar Meter, um sich zu lockern. Dann buddelte er sich in den Wattboden. Er war sehr müde nach dem Schreck und schlief sofort ein.

Etwas packte ihn und warf ihn in abgestandenes Wasser. Es musste ein Alptraum sein. Der schwarze Anglereimer hatte ihn traumatisiert. Wach auf, befahl er sich. Aber es blieb, wie es war.

Er wurde wieder aus dem Wasser gehoben und sah, dass Ebbe war. Der Mensch war einfach auf seinen großen schwarzen Füßen aufs Watt gewatschelt und hatte den Butt ausgegraben. Die Augen mussten ihn verraten haben. Warum war er nicht weiter hinausgeschwommen. Aber zu spät für Reue.

„Prinz", sagte der Angler.

„Wie bitte? Ach so, ähm, ja?", sagte der Butt.

„Es tut mir leid, dass ich dich noch einmal stören muss. Ich finde die Hütte wirklich gut und so, wenn auch ein bisschen klein. Aber weil nachher Ilsebill kommt und inzwischen schon wieder einiges auf dem Boden liegt oder dreckig ist: Könntest du bitte ein richtiges, blitzeblankes Haus herzaubern? Mit einem großen, runden Bett und einem Whirlpool? Da steht Ilsebill bestimmt drauf und dann bleibt sie auch über Nacht!"

„Ok", sagte der Butt.

„Was heißt das?"

„Dass alles so ist, wie du es dir gewünscht hast. Und jetzt lass mich bitte wieder frei."

„Erst gucke ich nach", sagte der Angler mit schlauem Blick. Dabei hatte der Butt doch beim ersten Mal auch nicht gelogen. Menschen waren offensichtlich schwierig.

Der Mensch ließ den Butt zurückplumpsen und ging dann mit dem Eimer zu seinem Haus. Das Wasser schwappte hin und her und der arme Butt mit. Er hatte Angst, kotzen zu müssen. In das brackige Wasser hinein, in dem er schwamm. Außerdem, wie peinlich, als Butt seekrank zu werden. Was für ein Tag.

Sie kamen an. Das Haus gefiel dem Angler. „Schön", sagte der Butt. „Ich freue mich, wenn meine Kunden zufrieden sind. Kann ich jetzt zurück ins Meer?" Er würde diesmal schwimmen, soweit ihn seine Flossen trugen, bevor er sich niederließ.

„Tut mir leid, mein Freund", sagte der Angler. Wer hatte dem eigentlich erlaubt, sich als Freund zu bezeichnen? „Lieber Butt, ich behalte dich bis morgen früh hier. Man weiß nie, was der Ilsebill so einfällt."

So war das nicht verabredet, wollte der Butt sagen. Aber er war ein Opfer von Entführung und Erpressung, da konnte er sich jedes weitere Wort sparen. Dieser Amigo würde tun, was er wollte. Nicht zum ersten Mal in seinem Leben bedauerte der Butt, dass er keinen Schadenszauber verhängen konnte. Er legte sich auf den Grund des schwarzen Eimers und tat sich leid.

Es wurde dunkel. Hoffentlich lief alles glatt mit dieser Ilsebill. Er machte die Augen zu und stellte sich vor, draußen im Ozean zu sein.

Ein grelles Licht drang durch seine Augenlider. Er wurde aus dem Eimer gerissen. War schon Morgen? Nein, der Amigo hielt einen Sonnenstrahl in der Hand, den er auf den Butt richtete.

„Gibt es ein Problem mit Ilsebill?", fragte der Butt.

„Wir haben uns prächtig unterhalten. In den Whirlpool wollte sie aber nicht und jetzt sieht sie müde aus. Nach all dem Stress will ich nicht, dass sie einfach nach Hause geht. Wozu mache ich das alles? Die nutzt mich aus. Erst will sie gar nicht kommen, dann will sie gleich wieder los. Dabei habe ich ewig geangelt und sogar Kartoffeln ge-kocht!"

„Bring sie zum Lachen!", schlug der Butt vor. Bei ihm klappte das immer. Aber der Angler wür-de das natürlich nicht hinbekommen.

„Ich habe eine bessere Idee. So ein Haus ist ganz schön, aber nur zu Hause sitzen bringt nichts. Ich brauche flexible Mittel, wenn du verstehst. Eine Sofortrente von 6.000 Euro im Monat möchte ich haben. Dann kann ich mit Ilsebill gleich eine schicke Reise aussuchen. Das wird sie umhauen."

Der Butt hatte seine Zweifel, aber was sollte er tun. „Ok", sagte er. „Geh nur hin, das Geld ist schon auf deinem Konto. Immer am Dritten trifft es ein. Steuerfrei übrigens, das Finanzamt kann den Betrag nicht sehen. Bist du jetzt zufrieden?"

„Ja, danke", sagte der Amigo. „Wir sehen uns morgen nach einer langen Nacht." Er grinste schmierig, ließ den Butt in den Eimer fallen und ging ins Haus.

Wenn das der Charme des Anglers war, sah der Butt schwarz für seine eigene Zukunft. Welche Ilse-bill würde sich für den schon erwärmen. Ewig wür-de er im Eimer sitzen und Wünsche erfüllen müssen. Hätte er bloß auf die ollen Flundern gehört.

Kurz darauf leuchtete der Sonnenstrahl wieder in den Eimer.

„Wie läuft's?", fragte der Butt und hätte sich da-für ohrfeigen können, wenn seine Flossen lang genug gewesen wären.

„Ich hab sie fast soweit. Aber ich muss überzeugender werden." Wem sagst du das, dachte der Butt, aber ob meine Zauberkraft dafür reicht?

„Pass auf, Butt", sagte der Angler.

„Ja?"

„Ich habe mir überlegt, dass ich einfach Gott werden könnte. Dann liegen sie mir alle zu Füßen und ich kann mir aussuchen, welche ich flachlegen will. So Zeus-mäßig, verstehst du. Aber ohne alberne Verkleidungen, das habe ich als Gott nicht nötig."

„Gott?", fragte der Butt.

„Ja, Gott! Stell dich jetzt nicht an, von wegen Tabu und so. Ich sage nur Bratpfanne! Mach mich zum Gott und alles ist schön. Du kannst wieder in der blöden Nordsee schwimmen und ich lebe wie Gott in Frankreich, was sage ich, wie Gott auf der ganzen verdammten Welt! Los jetzt!"

„Hm", sagte der Butt. „Mit Gott ist das ja so eine Sache. Welchen Gott meinst du? Soll er eher monotheistisch sein oder eben so, wie sagtest du, ‚Zeus-mäßig'? Pantheistisch oder kosmotheistisch?"

„Quassel nicht rum", sagte der Angler. „Du hast doch wohl eine Vorstellung davon, was ein Gott ist. Mach hinne, Ilsebill wird ungeduldig und das wollen wir beide nicht riskieren. Bratpfanne!"

„Ok", sagte der Butt. „Du hast es dir gewünscht."

Der Angler löste sich in Nichts auf.

„Du hättest vielleicht nachfragen sollen, ob es sich bei mir um einen atheistischen Butt handelt.

Wobei ich zum Agnostizismus tendiere. Vielleicht existierst du ja doch noch. Irgendwo, in irgendeiner Form. Ich werde es vermutlich nie herausfinden. Wenn du mich noch hören kannst: Dumm gelaufen!"

Aber auch für mich, dachte er dann. Er saß fest in diesem blöden Eimer vor dem Haus. Er sah gut aus, war intelligent, konnte ordentlich zaubern und jede Buttfrau zum Lachen bringen, doch jetzt würde er einsam in brackigem Wasser verenden. Er heulte ein wenig, wodurch sich das Wasser qualitativ nicht verbesserte. Irgendwann döste er vor Erschöpfung ein.

Als er erwachte, war es hell. Ein Mensch beugte sich über den Eimer. Verdammt, war der Angler doch noch da? Zwei weiße Hände griffen nach dem Butt und hoben ihn aus dem Wasser.

„Wer bist du denn?", fragte der Mensch. Er hatte lange, helle Haare und ein Teil seiner Schuppen war leuchtend rot.

„Ich bin Klaus, der Butt." Der Angler hatte ihn nicht einmal nach dem Namen gefragt.

„Ich heiße Ilsebill. Was machst du hier?"

Frag nicht so blöd, Ilsebill, dachte der Butt, du bist nicht ganz unbeteiligt an der Sache. Laut sagte er: „Bitte wirf mich wieder ins Meer!"

„Na klar. Du armes Fischlein. Der Lars muss dich geangelt haben. So ein brutaler Sport. Ich lehne es strikt ab, Tiere zum Spaß zu töten. Ich bin Vegetarierin und versuche, vegan zu leben. Ich bemühe mich um Konsequenz. Nur die Milchprodukte, auf die kann ich so schlecht verzichten. Und zu viel Soja soll man ja auch nicht ..."

Was redete die da?

„Bitte wirf mich doch wieder ins Meer", unterbrach der Butt den Redestrom.

„Was? Ach so. Du armes Tier. Du solltest vielleicht lieber in eine Auffangstation, damit sie dich langsam wieder an die Wildnis gewöhnen. Ich kann dich doch nicht einfach so zurückwerfen. Das ist so unvermittelt."

„Keine Sorge, das ist ok für mich."

„Wirklich? Dann mach ich das. Aber was wird der Lars dazu sagen? Der ist weg, aber er kommt sicher wieder. Gestern Abend saßen wir auf dem Sofa. Er wollte mich abfüllen, ich wollte irgendwann nur noch nach Hause. Dann muss ich eingeschlafen sein. Der Lars gibt sich wirklich Mühe, aber er redet so langweiliges Zeug und findet kein Ende. Politisch hat er überhaupt keine Haltung, nicht zum Umweltschutz, nicht zum Tierschutz, er trennt nicht mal sauber seinen Müll. Und diese Angelei. Kann ich mich mit so jemandem einlassen? Irgendwo muss man doch konsequent sein. Auch wenn es mit der veganen Ernährung noch nicht klappt. Vor einem halben Jahr habe ich sogar eine Bratwurst gegessen. Es kam so über mich. Ekelhaft. Ich schäme mich. Ich will, dass Tiere artgerecht leben ..."

„Dann wirf mich doch einfach ins Meer", regte der Butt vorsichtig an.

„Meinst du?"

„Auf jeden Fall!"

„Aber wenn der Lars wiederkommt und du bist weg? Du gehörst dem doch jetzt quasi."

„Irgendwo muss man konsequent sein mit dem Tierschutz", sagte der Butt streng.

Ilsebill hielt kurz den Mund, richtete sich dann auf und schnaufte einmal laut. Was waren das nur für unappetitliche Tiere. Doch dann ließ Ilsebill den Butt wieder ins Wasser plumpsen und lief mit dem Eimer in der Hand Richtung Küste.

„Oh", sagte sie.

„Was?" Was war denn jetzt schon wieder.

„Es ist Ebbe!"

„Das macht nichts", sagte der Butt. „Ich grabe mich gleich ein."

„Wirklich?"

„Ganz sicher."

Endlich ließ sie den Butt aus dem Eimer gleiten. Er buddelte sich in den Meeresboden. Was für eine Erleichterung. Er hob noch einmal den Kopf, um sich zu bedanken. Immerhin hatte ihn diese Ilsebill gerettet.

„Gern geschehen", sagte sie. „Und dir geht es wirklich gut da unten? Soll ich dich nicht im Eimer lassen, bis die Flut kommt?"

„Bloß nicht, ähm, bitte nicht! Herzlichen Dank", sagte der Butt. Hau endlich ab, dachte er.

„Na dann, auf Wiedersehen!", sagte Ilsebill und platschte über das Watt zum Land zurück. Wenn man sie nicht hören konnte, war sie eigentlich ein liebes Mädchen. Na gut, dachte der Butt und sagte „Ok!" Zack stand am Strand ein vegetarischer Imbiss, von einem attraktiven, radikalen Tierschützer betrieben. Das würde sie glücklich machen.

Jeder soll nach seiner Façon selig werden, dachte er und schnappte sich einen vorbeikriechenden Wattwurm. Herrlich, er war völlig ausgehungert. Rückblickend war es ein tolles Abenteuer gewesen. Gut, dass er nicht auf die ollen Flundern gehört hatte.

# Gold hat man einfach nie genug

Als ich noch im Dorf wohnte, musste ich mein Kleid immer wieder flicken und wenden. Mein Vater, der Müller, verdiente zwar nicht schlecht, aber er war geizig.

Eines Tages spazierte einer von diesen arroganten Pinkeln auf unseren Hof. Er führte ein lahmendes Pferd bei sich. Seine engen, goldbestickten Hosen überließen nicht viel der Phantasie und an seinen Schuhen hatte er silberne Glöckchen befestigt.

Der reiche Mann stellte sich mitten in den Hof und schrie: „Ist hier niemand?"

Ich saß am Brunnen und spann Wolle aus Ziegenhaar. Er musste mich gesehen haben, doch ich war ja niemand. Also antwortete ich nicht.

Er schaute mich direkt an und rief: „He, ein Gast!"

„Das Gasthaus ist im nächsten Ort", sagte ich.

„Königliche Hoheit", rief da mein Vater, der keuchend und schweißüberströmt in den Hof kam. Er musste von der Mühle aus gerannt sein. Er warf sich vor dem König in den Staub und küsste ihm die Füße. Hinter ihm lief gemächlicher unser Knecht Rumpelstilzchen. Er lehnte sich an die Scheunenwand und grinste.

„Ich hoffe, meine Tochter hat euch etwas angeboten", sagte mein Vater.

„Leider nein, euer Töchterchen zog es vor, am Brunnen zu sitzen und zu spinnen."

Mein Vater warf mir einen wütenden Blick zu. Dann schaute er den König an und sagte rasch: „Ihr müsst verstehen, sie hat eine besondere Gabe. Sie spinnt ..."

„Was ist daran besonders?"

Mein Vater schien fieberhaft zu überlegen. Dann sagte er: „Meine Tochter spinnt Stroh zu Gold."

„Ach ja?", sagte der König. „Mir sieht das nach gewöhnlichem Ziegenhaar aus."

Er trat näher zu mir heran. Was hatte mein Vater getan? Wer dem König Lügen erzählte, würde dafür büßen müssen. Ich schaute auf den Faden, der durch meine Finger lief. Er glänzte und auch die Wolle, die schon gesponnen war, schimmerte wie reines Gold. Statt des Ziegenhaars lag zu meinen Füßen ein Bündel Stroh.

Der König war beeindruckt, mein Vater blass, aber hoch erfreut. Rumpelstilzchen kaute an einem Strohhalm und zwinkerte mir zu.

Mein Vater lud den König zu einem Wein in die Stube ein und Rumpelstilzchen passte dem Pferd ein neues Eisen an. Ich saß am Brunnen und spann Gold. Und erst als der König aus dem Hof ritt, verwandelte sich das Stroh wieder in Ziegenhaar.

Das gesponnene Gold nahm mein Vater mit in die Stube und legte es auf den Küchentisch.

„Setz dich zu mir", sagte er und bot mir ein Glas Wein an. Noch nie hatte er das getan. „Ich habe mit dem König einen Handel abgeschlossen. Er hat eine Kammer voll Stroh und du wirst dieses Stroh morgen zu Gold spinnen. Dafür will er sich mit dir verloben. Und wenn du Königin bist, dann wirst du in Saus und Braus leben und ich werde Hoflieferant."

„Aber ich kann doch gar nicht ..."

„Papperlapapp. Hier auf dem Tisch liegt der Beweis, dass es kannst. Du musst dir nur Mühe geben. Denk positiv!"

So kam es, dass ich am nächsten Nachmittag weinend in einer Kammer voll Stroh saß. Es war mir zwar ganz recht, wenn mich der König nicht heiraten würde. Aber er würde meinen Vater und mich hart bestrafen.

Es klopfte an der Tür und Rumpelstilzchen kam herein.

„Was weinst du?", fragte er.

„Warum wohl", gab ich zurück. „Willst du dich an meinem Elend weiden?"

„Aber nein", sagte er. „Ich habe dich viel zu gern."

Ich wusste, dass Rumpelstilzchen mich mochte. Er hatte schon ein paar Mal versucht, mich zu küssen. Aber er war gerade einen Meter fünfzig groß und trug einen roten Ziegenbart. Und obwohl er klug und listig war und mich zum Lachen bringen konnte, wollte ich mich mit einem Zwerg ohne Auskommen nicht einlassen.

„Helfen kannst du mir aber auch nicht", sagte ich. „Der König wird mich und meinen Vater aus dem Land jagen oder uns Schlimmeres antun."

„Warum denn?", fragte Rumpelstilzchen.

„Weil ich kein Gold für ihn habe, Stupid."

„Tatsächlich?"

Ich schaute mich um und alles Stroh war in Gold verwandelt.

„Wow", sagte ich. „Wie ist das passiert?"

„Du musst das Stroh zu Gold gesponnen haben." Rumpelstilzchen lachte.

Der König war begeistert. Aber obwohl er meinem Vater versprochen hatte, mich zu heiraten, wollte er noch nicht darin einwilligen. Das Königreich sei verschuldet, sagte er. Die schlechten Ernten, Steuerausfälle und Ausgaben für neue Uniformen für die Leibgarde, das müsse mein Vater verstehen. Er habe noch eine größere Kammer voller Stroh. Erst wenn ich das zu Gold gesponnen hätte, sei er überhaupt in der Lage, eine Hochzeit zu finanzieren.

Am nächsten Tag saß ich also wieder in der Bredouille. Ich spann und spann, aber Stroh blieb Stroh. Ich beschloss wegzulaufen. Ich öffnete die Tür und da stand Rumpelstilzchen.

„Lass mich durch", sagte ich. „Ich muss weit weg sein, bevor der König kommt."

„Warum?"

„Weil er mich bestrafen wird, wenn er sieht, dass die Kammer voller Stroh ist."

„Ist sie das?", fragte er. Und schon standen wir inmitten von Gold, das blinkte und glitzerte und in Rumpelstilzchens Augen blitzte. Ich war so erleichtert, dass ich Rumpelstilzchen um den Hals fiel, was er sogleich nutzte, um mich zu küssen. Doch ich befreite mich rasch wieder.

„Was fällt dir ein", sagte ich.

„Ach so, du bist ja die zukünftige Königin", sagte Rumpelstilzchen.

Mein Herz wurde schwer. Ich stellte mir vor, tagein, tagaus neben dem geldgierigen Hohlkopf auf dem Thron zu sitzen. Was hatte mein Vater mir da angetan!

Als der König am Abend das Gold sah, wurde seine Gier noch größer. Er füllte einen großen Saal mit Stroh, das ich bis zum nächsten Abend zu spinnen hätte.

Am dritten Tag setzte ich mich morgens zwischen das Stroh und versuchte gar nicht, es zu spinnen. Am Nachmittag kam Rumpelstilzchen und das Stroh wurde zu Gold.

„Rumpelstilzchen", sagte ich. „Hältst du mich für bescheuert? Du bist es, der hier die Wunder bewirkt."

Er wand sich ein wenig, aber dann gab er es zu. Sein Vater sei ein wunderliches Männchen aus dem Wald gewesen. Seine Mutter hätte sich für ihre Affäre geschämt und versucht, es zu vertuschen. Aber man sehe es ihm ja an, dass er kein richtiger Mensch sei. Zwar könne er ein wenig zaubern, aber er wäre eben ein mickriges Kerlchen und daran könne er nichts ändern. Seine Macht war nicht von dieser Art. Wie er sich wünschte, ein ganz gewöhnlicher Mann zu sein, in den ich mich verlieben könnte. Dafür würde er alle Zauberkraft hergeben.

„So hässlich bist du doch gar nicht", sagte ich.

„Ach, hör auf, du willst mich nur trösten", sagte er und stampfte mit dem Fuß. Dukaten rollten über den Boden. „Außerdem wirst du jetzt ohnehin Königin."

„Ehrlich gesagt würde ich lieber deine Frau werden als Königin an der Seite von diesem Gierschlund", sagte ich.

„Wirklich?"

„Naja, vielleicht. Aber ihn heiraten will ich definitiv nicht. Warum muss ich überhaupt heiraten? Ich finde die Institution der Ehe veraltet und restriktiv. Es muss doch bessere Lebensformen geben. Ist Monogamie unabdingbar?"

„Könnten wir das bitte ein andermal ausdiskutieren?" sagte Rumpelstilzchen. „Es wird bald Abend. Du willst nicht Königin werden?"

„Es bleibt mir doch keine Wahl!"

„Der König hat sein Versprechen bis jetzt nicht gehalten. Außerdem: Auch als seine Frau wirst du Stroh spinnen und weinen, bis er dich verstößt."

Rumpelstilzchen hatte natürlich Recht. Das hatte ich auch schon befürchtet.

„Aber du wirst mir doch weiterhin helfen, Gold zu machen?"

„Nicht wenn du den König heiratest. Soll ich seine Kinder mit aufziehen?"

„Was soll ich denn tun?" Es fing an zu dämmern und ich hörte in der Ferne die Säbel der königlichen Leibgarde klirren.

„Es bleibt dabei, du willst lieber meine Frau werden als Königin?", fragte er.

„Wie oft denn noch. Über die Heirat reden wir später, aber ich will mit dir zusammen fortgehen." Tatsächlich schien mir, dass Rumpelstilzchen in den letzten Minuten gewachsen war. Selbst sein Bärtchen war zwar keine Zierde, aber es störte mich nicht mehr so sehr. Vielleicht würde er es abrasieren, wenn ich ihm gut zuredete.

„Lass mich nur machen", sagte er und versteckte sich unter dem Gold, weil der König schon in den Saal trat. Der ging hin und wühlte mit beiden Händen in Münzen und Nuggets. Mein Vater war auch gekommen.

„Werdet ihr meine Tochter nun zur Frau nehmen?", fragte er.

Der König schaute verärgert auf und streifte sich Goldklümpchen von den Händen. „Du kannst es nicht lassen. In Gottes Namen, ja, ich werde sie heiraten, gleich morgen früh. Danach kann sie wieder spinnen. Ob sie dabei eine Krone trägt, ist mir einerlei. Lass mich jetzt in Ruhe meine Schätze betrachten. Und nimm deine Tochter mit, noch wohnt sie ja nicht hier. Bei Tagesanbruch soll Hochzeit sein, damit wir keine Zeit verlieren und sie spinnen kann, solange das Tageslicht reicht."

Mein Vater packte mich an der Hand und führte mich auf seinen Hof. Ich schaute mich nach Rumpelstilzchen um, aber ich konnte ihn nicht entdecken.

Am Morgen standen wir vor Sonnenaufgang an der Kapelle. Von Rumpelstilzchen immer noch keine Spur. Das Schloss ragte dunkel auf und schälte sich langsam aus der Nacht. Mir war kalt.

„Reiß dich zusammen, was gibt's denn da zu heulen", sagte mein Vater.

Da nahte der König. Er hatte nur zehn Diener dabei und einen Priester, der uns in wenigen Minuten vermählte. Rumpelstilzchen half mir nicht.

Mein Vater kniff mich und ich sagte ja. Dann setzte mir der König eine Krone auf, befahl mir, mich zu schnäuzen, und führte mich in den Thronsaal, der voller Stroh lag.

„Bis heute Abend möchte ich hier nur noch Gold sehen", sagte er. „Jetzt bin ich auf der Jagd."

Auf einmal stand Rumpelstilzchen vor ihm. Die Wachen erschraken.

„Schafft diesen Wicht weg, er beleidigt meine Augen", schrie der König.

„Halt", sagte Rumpelstilzchen. „Ihr wolltet doch nur noch Gold sehen. Hier bin ich, um euren Wunsch zu erfüllen."

„Ich brauche dich nicht. Meine Königin kann Stroh zu Gold spinnen."

„Das kann ich nicht", sagte ich.

„Was redest du da, Weib?"

„Ich kann es nicht. Ich konnte es noch nie. Und ich will es auch nicht."

„Du bist meine Frau und tust, was ich dir sage!"

„Regt euch nicht auf", sagte Rumpelstilzchen. „Ich kann euch alles Gold geben, das ihr wollt."

Er zwinkerte und das Stroh verwandelte sich.

„Habt ihr genug und lasst eure Frau in Ruhe?", fragte Rumpelstilzchen.

„Gold hat man nie genug", sagte der König. „Solange ich Stroh auftreiben kann, werde ich nicht aufhören, sie spinnen zu lassen. Sonst wäre ich ja blöd."

„Ihr wollt noch mehr?", fragte Rumpelstilzchen, stampfte mit dem Fuß und das Schloss verwandelte sich in Gold.

„Sehr schön", sagte der König. „Am besten behalte ich dich als meinen Gefangenen hier, damit du mit der Königin zusammenarbeiten kannst. So werde ich der reichste König der Welt. Gold hat man einfach nie genug."

„Tatsächlich?", fragte Rumpelstilzchen.

„Natürlich. Ich liebe den Geruch von Gold, wie es sich anfühlt, wie es glitzert und glimmt. Am liebsten wäre ich selbst aus Gold."

„Das kannst du haben", sagte Rumpelstilzchen, sprang hoch, drehte sich um seine Achse und landete auf beiden Füßen. Schon waren der König und sein Hofstaat Statuen aus Gold.

„Komm", sagte Rumpelstilzchen und hielt mir die Hand entgegen. Ich warf die Krone auf den Boden, schlug ein und wir liefen hinaus auf den Hof. Vor der Kapelle stand mein Vater, zu purem Gold erstarrt.

„Kannst du ihn nicht wieder zu Fleisch und Blut werden lassen?", fragte ich, denn er tat mir leid.

„Feinsliebchen, das kann ich leider nicht. Ich kann nichts lebendig machen, das ist mir verwehrt. Aber er hat jetzt Gold genug und wird nicht weiter altern."

Wenn ich es recht bedachte, waren die größten Wünsche meines Vaters damit in Erfüllung gegangen. Ich warf noch einen letzten Blick zurück, dann ging ich mit Rumpelstilzchen.

„Ich kann nichts lebendig machen und ich kann auch meine Gestalt nicht verschönern", sagte er traurig.

Ich schaute ihm ins Gesicht und sah, dass es nicht schöner hätte sein können.

Seitdem leben wir glücklich zusammen. An Gold mangelt es uns nie. Natürlich sind wir nicht verheiratet. Die Ehe überzeugt mich einfach nicht, aber wir haben viel Zeit, darüber zu streiten. Und wenn wir nicht gestorben sind, dann diskutieren wir noch heute.

# Ein ganz besonderes Garn

In einem Land vor langer Zeit lebte ein Mann, der wollte Kaiser werden. Das war dort möglich, auch ohne ein Prinz zu sein, denn die Menschen in dem Land bestimmten immer wieder neu, wer sie regieren sollte.

Der Mann wollte eigentlich gar nicht regieren, viel zu lästig war es ihm, lange Zeit unbewegt in einer Sitzung auszuharren oder dicke Akten zu lesen. Aber er mochte es, wenn er den anderen sagen konnte, was sie zu tun hatten. Und als Kaiser, so dachte er, stünde er an der Spitze und könnte den ganzen Tag faul sein und andere arbeiten lassen, ohne dass jemand aufmuckte. Wer sollte schon dem Kaiser sagen, dass er sich an die Arbeit machen sollte?

Der Mann war es gewohnt, dass Menschen vor ihm Angst hatten. Das gefiel ihm. Er war schon als Junge reich und dominant gewesen und hatte sein

Lebtag lang Menschen gefunden, die sich von ihm kaufen oder einschüchtern ließen. Eigentlich hatte er alles, was er wollte: Schmeichler, die ihn umgaben, Handlanger und Dienstboten, eine sehr viel jüngere Frau, die alles tat, um seine Erwartungen zu erfüllen, goldenes Haar und sogar ein goldenes Haus auf einem hohen Berg. Manchmal stand er auf der Terrasse, spuckte nach unten und lachte, wenn er sich vorstellte, wie es auf die kleinen Menschen auf der Straße herabregnete.

Doch immer noch gab es Leute, die sich über den Mann lustig machten. Das konnte nur an deren Dummheit oder Bösartigkeit liegen, denn seine Leibärzte, die der Mann teuer bezahlte und mit Geheimnissen aus deren Privatleben zur Loyalität erpresste, hatten herausgefunden, dass der Mann allen anderen Menschen weit überlegen war. Sein Gehirn war von Goldfäden durchzogen, sagten sie, und deshalb konnte er viel wertvoller denken als alle anderen.

Ihm war bewusst, dass er an der angeborenen Dummheit der meisten Menschen nichts ändern konnte, aber er wollte viele an seiner Weisheit teilhaben lassen. Er hatte es daher zu seinem Hobby gemacht, kluge Dinge auf kleine Zettelchen zu schreiben, diese zu einem Vogel zu falten und von der Terrasse zu werfen oder aus dem Flugzeug, wenn er auf Reisen war. Vielleicht würden die kleinen Menschen, die da unten auf dem Asphalt herumkrabbelten, etwas lernen, wenn sie seine Sprüche lasen. Jeden Tag brachte er viele Papiervögelchen unter die Leute. Manche lasen seine Nachrichten mit Ehrfurcht und gaben sie weiter, andere jedoch waren so dumm, dass sie nicht verstanden, wie beeindruckend die Vögelchen waren. Denen war nicht zu helfen. Zu ihrem eigenen Besten würde er die Unbelehrbaren das Fürchten lehren müssen, damit sein Wort unwidersprochen galt. Denn es war reine Wahrheit und Weisheit, das hatten die Ärzte gesagt.

Auch deshalb hatte er beschlossen, Kaiser zu werden. Er reiste also durch das Land und öffnete den kleinen Menschen die Augen. Viele wollten, das ein anderer Mann Kaiser würde oder sogar eine Frau. Das Amt des Kaisers war sehr umworben – etliche reiche Menschen strebten es an. Viele Arme wollten das ebenfalls, aber nur Reiche konnten sich die nötigen Reisen durchs Land und die vielen Gastgeschenke leisten. Das fand der Mann ganz in Ordnung, denn – auch das hatten ihm seine Leibärzte bestätigt – nur reiche Menschen waren klug. Wären die Armen nicht so dumm, wären sie ja nicht arm geblieben. Doch auch die anderen Reichen, die Kaiser werden wollten, hatten keine Goldfäden im Kopf. Das konnten die kleinen Leute nicht sehen, deswegen sagte es ihnen der Mann immer wieder. Und er erklärte ihnen, wie dumm und bösartig alle waren, die ihn nicht zum Kaiser haben wollten. Der Klügste sollte der Kaiser sein. Wer da widersprach, war dumm. Wirklich dumm.

Es war ein mühsames Geschäft, die Leute zu überzeugen. Viele waren zu beschränkt, um die

Größe des Mannes zu erkennen. Zwar erwartete ihn an jedem Ort, an den er reiste, eine Halle voll jubelnder Menschen und diese beschimpften und bedrohten die Dummen und Bösartigen. Dennoch widerte es den Mann nach einer Weile an, wie widerborstig viele kleine Leute sich anstellten.

Er nahm sich vor, für die Zukunft dafür zu sorgen, dass die Kaiser auf andere Weise bestimmt würden. Warum sollten die Überlegenen Perlen vor die Säue werfen und sich dabei beschmutzen? Besser, man würde seine Leibärzte befragen, und diese bestimmten, wer Gold im Kopf hatte und wer nicht. Der Mann hatte einen kleinen Sohn. Dieser hatte seine goldenen Haare geerbt und wen sollte es wundern, wenn der Sohn nicht auch im Kopf Gold hätte? Das brauchte man gar nicht überprüfen. Das war ein Fakt. Also sollte er nach seinem Vater automatisch Kaiser werden. Damit wäre der Beste an der richtigen Stelle. Der Beste außer dem Vater selbst natürlich, doch der wollte sich nicht endlos für das Wohl der kleinen Leute aufopfern.

Tatsächlich wurde der Mann zum Kaiser berufen. Die Dummen taten alles, um das zu verhindern, sie schreckten selbst davor nicht zurück, dem Kaiser Verbrechen und Lügen vorzuwerfen. Als ob sie nicht wüssten, dass Menschen wie er nicht mit normalem Maß gemessen werden konnten. Der Mann konnte nicht lügen oder ein Verbrechen begehen – er war reich und vor allem hatte er die

Goldfäden im Kopf. Wer das nicht verstand, bei dem war Hopfen und Malz verloren. Die Dummen nörgelten und jammerten immer weiter, aber sie hatten nicht gewonnen. Das allein zählte.

Der Mann würde Kaiser werden, er hatte einen Hofstaat um sich versammelt, der ihm die Arbeit abnehmen und die Wünsche von den Augen ablesen würde, und bald könnte er Polizei, Militär und seine eigenen Richter nutzen, um die Dummen endgültig zum Schweigen zu bringen. Zu welch unschönen Methoden einen diese armen Menschen brachten. Der Mann schüttelte sich, strich das goldene Haar zurück und schrieb ein paar besonders weise Worte, die er als Vögelchen von der Terrasse warf.

Nur eines machte ihm noch Sorgen: Was sollte er zu seiner feierlichen Inthronisation tragen? Es musste etwas ganz Besonderes sein. Goldene Mäntel und Sakkos hatte er schon bei so vielen Festen getragen, dass seinen Hofschneidern keine neuen Varianten mehr einfallen wollten. Er hatte sie angeschrien, den Frauen an die Brüste gefasst, die Männer getreten, aber selbst das brachte keine neuen Ideen hervor. Schließlich hatte er sie alle gefeuert. Doch was sollte er nun anziehen?

Da kam sein Kammerdiener ins Zimmer und brachte auf einem goldenen Tablett die Post herein. Der Mann las generell keine Briefe, das war ihm viel zu langweilig, aber er schaute gerne bunte Umschläge und Briefmarken an und die Ganzkörperfotos, die ihm manche Verehrerinnen schickten. Diesmal war die Ausbeute gering. Nur ein paar Umschläge aus Samt und Seide, eine Briefmarke mit einem sprechenden Hologramm und zwei Aktfotos, aber die Frauen darauf hatten viel zu kleine Brüste und keine Katzenaugen. Angewidert warf der Mann die Post nacheinander mit spitzen Fingern auf den knöchelhohen Teppich, der von zarten Kinderhänden in einem exotischen Land hinter den sieben Bergen gewebt worden war. Doch der letzte Umschlag fand seine Aufmerksamkeit. Er war aus einem durchsichtigen Gewebe, das in allen Farben des Regenbogens schimmerte. Der Mann zerriss den Umschlag und holte eine leere rote Karte heraus. Er wollte sie wütend zu Boden schleudern, da entstand eine Schrift aus flüssigem Gold, die langsam die Karte füllte. Nur wenige Sätze, große Buchstaben und natürlich das Gold! Das war eine Karte nach des Mannes Geschmack.

Und was er da las! Ein berühmter Modeschöpfer, der anonym bleiben wollte, bot an, ihm ein einzigartiges Gewand zu schneidern. Über Nacht. Ein Gewand, das für Menschen mit Goldfäden im Kopf geschaffen wäre. Nur besondere Menschen könnten seinen Glanz erkennen! Alle anderen würden dumm dastehen.

Das gefiel dem Mann. Er überlegte kurz, was die Dummen wohl sehen würden, aber was interessierten die ihn, er mochte sich mit diesem Abschaum nicht mehr abgeben. Sie waren Geschichte, Geschichte waren sie.

Er ließ nach dem Modeschöpfer schicken, der sich in einer Höhle am Rande der Stadt verborgen hielt – denn er wollte ja anonym bleiben, um seinen Fans zu entkommen. Das konnte der Mann gut nachvollziehen, auch ihm folgten ja auf Schritt und Tritt lästige kleine Leute. Wie die Schmeißfliegen, dachte er.

Der Modeschöpfer war ein schöner Mann, groß gewachsen, kräftig, mit einem festen Händedruck. Der Mann war überzeugt, dass das ein guter Mann war, ein guter Mann! Und er hatte schon viele schlechte Männer gesehen. Er ließ sich vermessen, gab dem Modeschöpfer einen Sack Gold als Vorauszahlung und dann ließ er ihn arbeiten. In der Zwischenzeit ließ er Vögelchen und Spucke von der Terrasse regnen und rieb sich aus lauter Vorfreude die Hände. Morgen war sein großer Tag.

Er konnte vor Aufregung kaum schlafen, obwohl seine Frau ihn geduldig massierte und ihm seine eigenen Reden vorlas. Normalerweise half das, aber heute Nacht brachte der Mann kein Auge zu. Er ging immer wieder in den größten Saal, um die neue Kaiserkrone zu betrachten, die er in Auftrag gegeben hatte – die alte war schon fünfhundert Jahre alt gewesen, abgestoßen und unmodern, die Leute achteten einfach nicht darauf, auf der Höhe der Zeit zu bleiben! Dann horchte er an der Kammer, in der der Modeschöpfer wirkte. Er konnte ihn singen hören. Das Schlüsselloch war von innen verhängt. Der Mann überlegte kurz, gegen die Tür zu schlagen und Einlass zu verlangen, aber großen Künstlern musste man ein paar Freiheiten gewähren, während sie für einen arbeiteten.

Am Morgen um halb acht war es endlich so weit. Er durfte seine neuen Kleider anprobieren. Mit großer Geste hielt ihm der Modeschöpfer sein Werk vor. Der Mann schluckte, er kniff die Augen zusammen. „Was?", sagte er.

„Ihr seid beeindruckt, das sehe ich", sagte der Modeschöpfer. „Nur wahrhaft große Menschen können mein Werk schätzen. Ihr zeichnet euch aus als ein Mann mit Goldfäden im Kopf, wenn ihr mein Gewand seht."

„Jaja", sagte der Mann. „Beachtlich! Kann ich es anprobieren?"

Die große Parade war ein grandioser Erfolg. Die Menschen jubelten und schwenkten Fähnchen. Wer nicht jubelte, suchte bald das Weite oder hielt den Mund. Sonst wurde er eines Besseren belehrt. Der goldene Wagen mit dem Mann, der jetzt Kaiser war, rollte gemächlich über den Boulevard.

In der ersten Reihe hinter der Absperrung stand eine Familie. Sie war ganz nach vorne gewinkt worden, denn sie sah gut aus: blond, sportlich, strahlend weißes Gebiss; Vater, Mutter, Kind. Das Kind hatte anfangs begeistert sein kleines Fähnchen geschwenkt, doch langsam begann es sich zu langweilen. Sein entzückendes Gesicht verzog sich zu einer trotzigen Fratze. Die Mutter heiterte es auf, der Vater setzte es auf seine Schultern, doch das Kind maulte. Die Ordner überlegten, ob sie die Familie etwas weiter nach hinten schicken sollten, damit das Kind nicht anfing zu heulen, wenn der Kaiser vorbeifuhr, und alle Bilder verderben würde. Doch dazu war keine Zeit mehr, denn der Wagen bog schon um die Ecke.

Das Kind sagte: „Ich will nach Hause."

„Wir bleiben jetzt hier", sagte der Vater und die Mutter setzte hinzu: „Halt dein Fähnchen hoch und winke!"

Das Kind schaute grimmig und ließ das Fähnchen fallen.

„Fräuleinchen, gleich setzt es was", sagte die Mutter.

„Was denn?", sagte das Kind herausfordernd.

Die Mutter wollte antworten, aber das Gebrüll der Menge schwoll an, weil sich der Kaiser näherte. Die Eltern beugten sich nach vorne, um besser zu sehen. Das Kind kam ins Schwanken und packte die Haare des Mannes, um sich festzuhalten. Der versuchte halbherzig, die Händchen abzuwehren, starrte dabei aber fasziniert auf den Wagen des Kaisers.

„Was setzt es denn?", krähte das Kind und zog an den Haaren des Vaters.

„Ruhe, schwenk dein Fähnchen", sagte die Mutter und reichte das Fähnchen hoch.

„Wer ist denn das?", fragte das Kind.

Der Kaiser war jetzt fast auf ihrer Höhe. Er schaute ein wenig grimmig, vielleicht hatte er Rückenschmerzen, schließlich stand er aufrecht im Wagen und war nicht mehr der Jüngste. Aber sein güldenes Haar flatterte im Fahrtwind und der grimmige Gesichtszug passte zu einem Kaiser, der wichtige Aufgaben anpacken würde.

„Der Kaiser natürlich. Was fragst du denn so dämlich", sagte der Vater. „Wer hat denn sonst eine Krone auf dem Kopf!"

„Aber warum ist der denn nackt?" fragte das Kind. „Friert der nicht? Hat der Kaiser keine Kleider?"

„Schweig und wink!", zischte die Mutter.

Der Kaiser grüßte mürrisch, die Menge jubelte, Mutter und Vater schwenkten die Fähnchen, das Kind starrte.

„Aber der hat nichts an. Im Winter! Und was hat der da an seinem Pullermann?", fragte das Kind.

„Fräuleinchen", sagte die Mutter drohend.

„Aber guck doch! Da ist so was Goldenes", schrie das Kind und zeigte auf das Gemächt des Kaisers.

„Ruhe jetzt", sagte der Vater, „die Leute gucken schon!"

„Allerdings", sagte die Mutter versonnen, „frage ich mich auch, wie das da hält."

„Hanna!", sagte der Mann. Die Mutter schaute dem Kaiser schnell wieder ins Gesicht.

Das Kind zog seine Handschuhe aus und ließ sie fallen. Die Mutter bückte sich und hielt die

Handschuhe hoch. „Was soll das? Es ist kalt. Zieh das sofort wieder an."

„Aber der Kaiser ist ganz nackig. Der darf das auch."

„Der Kaiser ist nicht nackt", sagte der Vater.

„Hmm", sagte die Mutter. Ihr Blick fiel, ganz von selbst, wieder auf das goldene Ding, das irgendwie an der Anatomie des Kaisers befestigt war. Sie schaute schnell wieder hoch.

„Doch", kreischte das Kind und warf die Handschuhe wieder weg. „Der Kaiser ist ganz nackt."

Aus irgendeinem Grund hatte das Rufen der Menge just in diesem Moment nachgelassen. In der Stille trug die Stimme des Kindes ausgezeichnet.

„Pscht", machte die Mutter und bückte sich, um die Handschuhe wieder aufzuheben. Der Vater packte die Beinchen der Tochter und hielt sie fest.

Die Stille hielt an. Der Kaiser schaute dem Kind ins Gesicht.

Das Kind rief: „Warum bist du nackt?"

Der Kaiser zog die Augen zusammen, strich das goldene Haar zurück und blickte dann in die andere Richtung.

Die Eltern versuchten mit der Menge zu verschmelzen. Sie sahen, wie eine Handvoll Ordner auf sie zukam.

„Sie meint es nicht so", rief die Mutter. „Meine Tochter ist nur müde."

„Der Kaiser ist selbstverständlich nicht nackt", beteuerte der Vater.

„Natürlich nicht", stimmte eine ältere Dame zu.

„Wer sollte so etwas behaupten?", sagte eine andere.

„Das ist nur Propaganda", fügte einer hinzu. „Lügen und Propaganda."

„Keiner glaubt das, keiner."

„Niemand hat den Kaiser nackt gesehen. Ich habe viele Menschen gefragt, viele Menschen, und keiner hat das gesehen."

„Wer das sagt, ist selber nackt. Das sind sie: nackt. Wir werden sie anziehen. Zu lange haben uns Nackte betrogen. Damit ist Schluss. Wer nackt sagt, soll sich erst selbst etwas anziehen."

„Wir haben genug von diesen bösen Leuten, die uns nackt nennen. Jetzt nennen wir sie, und zwar nackt!"

„Noch nie war ein Kaiser nackt, das weiß ich und ich weiß alles über Kaiser."

„Ich habe Optiker befragt. Keiner hat jemals nackte Kaiser gesehen. Wir werden diesen Lügnern Brillen bauen und sie werden sie bezahlen. Dafür werden wir sorgen. Sie werden ihre Brillen selbst bezahlen."

„Nackt, was ist das? Niemand konnte mir erklären, was nackt ist. Ich habe 100 Experten gefragt. Nackt gibt es nicht, das ist ein Fakt."

Die Stimmen schwirrten immer lauter und schneller. Die Leute schrien ihre Worte hinaus. Alle gleichzeitig. Jeder versuchte, die anderen zu übertrumpfen, damit der Kaiser ihn hörte.

Dieser fuhr weiter und winkte müde. Wortfetzen erreichten seine Ohren. Sie ließen ihn zufrieden lächeln. Er erkannte seine eigene Sprache wieder. Er hatte die vielen Vögelchen nicht umsonst ausgestreut.

Vater und Mutter waren froh, dass sie nicht mehr im Mittelpunkt der Aufmerksamkeit standen. Die Ordner hatten sich wieder von ihnen entfernt. Sie stimmten in den Chor mit ein, der noch lange weiterrief, als der Kaiser längst nicht mehr zu sehen war.

Das Kind schaute und hörte. Es wurde ganz still. Es lernte.

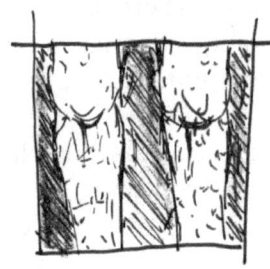

# Prinzessin Petersilie

„Kann denn nicht ein Tag vergehen, ohne dass mich jemand zur Frau will?", fragte die Prinzessin ihre Mutter.

Der Tagesplan sah vor, dass mittags der Prinz von den matschigen Inseln seine Aufwartung machen würde, nachmittags der König vom Nieseltal und abends der Herzog vom wüsten Land. Früher, als die Prinzessin noch nicht im heiratsfähigen Alter gewesen war, hatte sie ihre Tage genießen dürfen. Doch nun hatte sie der Ernst des Lebens eingeholt.

Sie schaute aus dem Fenster und sah einen außerplanmäßigen Freier auf das Schloss zureiten. Sie seufzte und ließ das Brötchen sinken.

„Das muss ein Ende haben. Ich nehme einfach den Nächstbesten", sagte sie. „Was macht es für einen Unterschied."

„Hab Geduld", sagte die Königin. „Einer wird dir gefallen."

„Unwahrscheinlich", sagte die Prinzessin. „Ich habe in den letzten Monaten bestimmt schon hundert Männer gesehen ..."

„147 Bewerber, um genau zu sein", warf der Kanzler ein, der jeden einzelnen Freier in ein großes Buch eintrug.

Der Tag verstrich; von allen vier Freiern wandte sich die Prinzessin mit Grausen ab. Vor dem Schlafengehen saß sie erschöpft auf einen Absacker mit der Königin und dem Kanzler im Thronsaal. Mit einem Mal richtete sich die Prinzessin auf, stellte den Weinpokal ab und sagte:

„Es reicht. Ich bin zu stolz."

Die Königin schwieg.

„Damit ist Schluss. Ich verpflichte mich hiermit, den nächsten, nein, lieber den übernächsten Freier zum Mann zu nehmen", sagte die Prinzessin. „Kanzler, schreib das auf!"

„Nein, schreib das nicht auf", sagte die Königin.

„Doch", sagte die Prinzessin.

„Auf keinen Fall!"

„Soll ich nun schreiben?", fragte der Kanzler.

„Nein", sagte die Königin.

„Doch", sagte die Prinzessin.

Der Kanzler hielt die Feder in der Hand und wartete.

„Kanzler", sagte die Königin, „bitte lass uns alleine."

„Wozu", sagte die Prinzessin, „ich habe mich entschieden."

„Kanzler, bitte geh", sagte die Königin.

Der Kanzler stand auf und schlich zur Tür. Er hoffte, etwas von dem Gespräch mitzuhören, aber die Königin wartete, bis er die Tür hinter sich geschlossen hatte. „Nicht horchen", rief sie, als er gerade das Ohr von außen an das Türblatt pressen wollte.

Er legte das große Buch auf einem Schränkchen ab, rückte sich einen Stuhl heran und setzte sich direkt neben die Tür. Er lauschte, aber leider war die Tür aus dicker Eiche. Missmutig schaukelte er mit den Beinen und rügte einen Pagen, der vorbeikam. Dann zählte er die Astlöcher im Parkettboden und bald schlummerte er ein.

„So", sagte die Königin.

„Du brauchst nicht so zu sagen", gab die Prinzessin zurück. „Ich habe meine Entscheidung getroffen. Hätte ich einen Vater, dann müsste ich mich nicht selbst in meine Schranken weisen."

„Kind, du weißt nicht, was du sagst!"

„Ich weiß sehr wohl, was das Problem ist. Die Leute tuscheln und sie haben recht. Dieses Land braucht einen König."

„Geht es den Leuten schlecht?", fragte die Königin. „Wir leben in Frieden und haben genug zu essen. Sollen die Leute in unsere Nachbarländer gehen, wenn sie unter einem Kriegsherrn leben wollen."

„Ach Mutter, ich weiß, dass du eine gute Königin bist. Aber ist es nicht üblich, dass ein König das Land regiert? Das wird Gründe haben. Du hast meinen Vater gut ersetzt. Aber sicher wärst du glücklicher, wenn dein Mann an deiner Seite wäre."

„Rede nicht von Dingen, die du nicht verstehst", sagte die Königin.

„Ich verstehe genug", sagte die Prinzessin. „Ich mache dir keinen Vorwurf, es ist wichtig, dass mein Vater den heiligen Nachttopf sucht, auch wenn er schon Jahrzehnte unterwegs ist. Aber ich selbst werde alles tun, damit mein Mann bis an sein Lebensende bei mir bleibt. Und zunächst werde ich einen Mann heiraten. Es bleibt dabei: Morgen wähle ich meinen Mann, egal wie hässlich oder dumm er mir erscheinen mag. Ich weiß, wo mein Platz ist, und ich werde mich an diesen Platz verweisen. Wenn es kein anderer tut. Jetzt gehe ich schlafen. Gute Nacht!"

Sie stand auf und rauschte aus dem Thronsaal. Die Wache konnte gerade noch die Tür aufreißen, sonst wäre die Prinzessin dagegen gelaufen. Sie bemerkte es nicht. Der Zipfel ihrer Schleppe schlüpfte über die Schwelle. Die Wache schloss die Tür. Dann war es still im Thronsaal.

Die Königin blieb lange auf dem Thron sitzen. Sie nestelte an der Naht der Polsterung, wo sich an einer Stelle ein Faden gelöst hatte. Dann trank sie ihren Weinpokal leer, goss sich den Rest aus der Flasche selbst ein, bevor der Page heraneilen konnte, schüttete den neuen Wein auf einmal herunter und stand auf.

Die Prinzessin konnte nicht einschlafen. Zweifellos würden morgen mehrere Freier kommen und den zweiten würde sie heiraten. Sie hatte das festgelegt und sie würde sich an ihr Wort halten, egal was die Königin sagte. Irgendjemand musste konsequent sein. Sie würde sich selbst streng erziehen, wenn es sonst keiner tat. Aber die Strenge tat weh.

„Heul bloß nicht", sagte sie laut. Dann pustete sie die Kerze aus und beschloss zu schlafen.

In dem Moment ging die Tür auf und ihre Mutter kam herein. Ein Page folgte mit einem Tablett mit Erfrischungen und Kerzen.

„Ich will schlafen", sagte die Prinzessin.

„Ich weiß", sagte die Königin. „Aber du findest keinen Schlaf, wenn du morgen einen x-beliebigen Freier zum Mann wählen willst."

„Wenn ich schlafen will, schlafe ich", sagte die Prinzessin und drehte der Mutter den Rücken zu.

Die lachte. „Das ist meine Tochter. Aber der Schlaf ist nicht dein Untertan."

Sie setzte sich auf die Bettkante. Der Page stellte das Tablett auf dem Nachttisch ab. Die Königin winkte ihm, das Zimmer zu verlassen, dann goss sie Wein in zwei Pokale.

„Tu nicht so, als würdest du schlafen. Wir haben zu reden."

„Ich lasse mich nicht von dir überreden", murmelte die Prinzessin in ihr Kissen.

„Ich sagte nicht überreden. Ich habe dir eine Menge zu sagen. Ich hätte es dir früher erzählen sollen, aber ich dachte, du wärst zu jung. Ich wollte dich schonen. Ach was, ich wollte nur mich schonen, ich wollte nicht an die alten Zeiten erinnert werden. Ich wollte so tun, als hätte es sie nie gegeben."

Die Prinzessin drehte sich nicht um, aber ihr Kopf war nun etwas weniger fest auf das Kissen gepresst.

„Jetzt werde ich meine Geschichte erzählen", sagte die Königin, „bevor du dich ins Unglück stürzt. Und das zweifellos, weil ich dir nie die Wahrheit gestanden habe."

Sie rückte weiter auf das Bett, legte die Füße in den goldenen Pantoffeln auf die Matratze und lehnte sich an das seidenbespannte Kopfteil an.

*Vor langer Zeit war ich eine junge Prinzessin. Ich war sehr hübsch, alle sagten das, und mein zukünftiger Mann würde ein großes Reich erben. In meinem Land konnten Prinzessinnen nicht regieren. Gab es keinen*

Prinzen, musste ein Mann gefunden werden, der König werden konnte. Das entsprach im Grunde ganz deinen Vorstellungen. Ich war das einzige Kind und mein Cousin Albert würde auf meinen Vater folgen, wenn ich nicht heiratete. Wenn dieser Cousin stürbe, dann würde ein Regent die Geschäfte führen. Aber der Cousin war wohlauf; bösartig, aber kerngesund.

Niemand wollte, dass der Cousin regieren würde, wirklich niemand. Es war meine Aufgabe, das zu verhindern. Meine Untertanen zählten auf mich. Aber keiner der Freier, die am Fließband ihre Aufwartung machten, schien mir auch nur halbwegs erträglich. Wenn sie verkrümmt und verbogen oder aufgebläht und dreist vor mir standen, konnte ich mich nicht überwinden, mit ihnen auch nur ein Wort zu wechseln.

Ich lachte über die Freier. Ich lachte aus Verzweiflung. Ich lachte über mein Schicksal. Darüber, dass ich früher oder später einen dieser lächerlichen Wichte als meinen Gemahl akzeptieren müsste.

So ging es einige Monate. Doch anders als du hatte ich einen Vater, der beschloss, meinen Willen zu brechen.

Er wollte die Erbfolge endlich geregelt haben. Wahrscheinlich hatte er es auch satt, sich von einem jungen Mädchen vorführen zu lassen. Er war nicht gewohnt, dass Frauen seine Pläne durchkreuzten. Die Leute machten sich schon über ihn und seine hochnäsige Tochter lustig und das konnte er nicht ertragen.

Es kam ein Tag, an dem mich eine Gruppe besonders grässlicher Freier heimsuchte. Vielleicht lehnte ich sie nicht gerade höflich ab, aber ich war erschöpft und verzweifelt. Einer der Freier, ein Kerl mit einem spitzen,

*langen Kinn, das in einem schütteren Bärtchen auslief,*
*hatte sich fortwährend durch dieses Bärtchen gestrichen*
*und mich verschlagen angestarrt. Seine Blicke waren so*
*dreist, dass ich das Gefühl hatte, ich würde mit klebri-*
*gen Fingern betastet. Mag sein, dass ich ein paar belei-*
*digende Bemerkungen über sein Kinn und sein Bärt-*
*chen machte, aber es war pure Selbstverteidigung. Auch*
*eine Prinzessin ist nur ein Mensch. Wem sage ich das.*

*Jedenfalls wurde mein Vater an diesem Tag laut. Er*
*nannte mich vor dem ganzen Hof und den Freiern eitel*
*und arrogant, ein Mannweib, von dem er sich nicht*
*länger auf der Nase herumtanzen lassen wolle. Er be-*
*stimmte, dass ich den ersten Fremden heiraten müsse,*
*der am nächsten Morgen das Schloss betreten würde.*

*Ich bat und bettelte, aber mein Vater ließ sich nicht*
*erweichen. Wenn er etwas entschieden hatte, dann hielt*
*er daran fest. Darin ist er wie du, meine Tochter. Er*
*nahm sein Wort nie zurück.*

Die Königin nahm einen großen Schluck Wein.

*In dieser Nacht machte ich kein Auge zu. Ich überlegte,*
*zu fliehen, aber ich hatte nicht den Mut. Ich fürchtete*
*zwar, in ein paar Stunden einem erbärmlichen, hässli-*
*chen, unsympathischen und dummen Mann zur Frau*
*gegeben zu werden, aber die Alternative, als Bettlerin*
*über die Straßen zu ziehen, schien mir furchterregender.*
*Ich war jung und ich hatte noch nicht viel Erfahrung*
*mit dem Leben.*

*Der Morgen kam. Ich riss mich zusammen und ging*
*in den Thronsaal angetan mit meinem besten Kleid. Ich*
*würde mein Schicksal akzeptieren und das Beste daraus*
*machen.*

Vor dem Thron stand ein abgerissener Mann. Er kam mir vertraut vor, sein vorspringendes Kinn mit Ziegenbart glaubte ich schon gesehen zu haben. Vielleicht im Schlosshof, dachte ich.

„Das ist dein zukünftiger Gemahl!", sagte mein Vater, der König.

Der Mann mit dem Bärtchen grinste frech.

„Natürlich kann ich Klauswart nicht nach mir zum König machen, er ist nur ein Spielmann Aber wir sind uns einig. Er heiratet dich und bekommt statt des Thrones einen großen Beutel Gold."

War meinem Vater klar, dass damit nach seinem Tod der furchtbare Cousin den Thron erben würde? Aber er hatte sich festgelegt. Er hatte die Hochzeitsurkunde schon schreiben lassen. Mein zukünftiger Mann und ich unterzeichneten. Prinzessin und Spielmann Klauswart – da stand es.

Mein Vater sagte: „Und nun geht mir aus den Augen. Ich habe keine Tochter mehr."

Ich durfte noch nicht einmal eine Tasche packen, sondern musste so, wie ich war, das Schloss verlassen. Da ging ich nun hinter dem Mann her, der mich bekommen hatte und noch einen Beutel Gold dazu. Er lief wortlos durch die Straßen der Stadt, hinaus durch das Stadttor, zwischen dürren, abgeernteten Feldern, immer weiter bis in ein kleines Wäldchen. Dort stand ein schäbiges und dreckiges Häuschen. Und darin waren eine Feuerstelle mit einem schlechten Abzug, ein Strohsack als Bettstatt und ein paar angestoßene Gefäße und Küchengeräte. Mein neues Zuhause.

„Ich bin hungrig", sagte mein Gatte, legte sich auf den Strohsack und starrte mich an.

*„Koch mir ein Abendessen", sagte er, „Ich bin weit gelaufen."*

*Ich auch, dachte ich. Meine Füße in den Pantoffeln waren wund, der Saum und die Schleppe meines Kleides staubig und zerrissen.*

Die Prinzessin hatte sich aufgerichtet. „Ich kenne diese Geschichte. Aber ich wusste nicht, dass sie von dir handelt!"

Die Mutter lächelte. „Du kennst eine Geschichte."

„Mein Kindermädchen hat mir oft von der eitlen Prinzessin erzählt, die durch Strafe von ihrem Stolz kuriert wurde. Du bist so stark, ich kann nicht glauben, dass du von einem Mann so schlecht behandelt worden bist. Ich will es nicht glauben. Und außerdem, dann wäre der Mann aus dem Märchen ja mein Vater. Wie hieß er noch? Der Drosselbart! Doch, so muss es sein, du hast ja das lange Kinn schon erwähnt. Oh je." Die Prinzessin fasste sich an ihr Kinn, das tatsächlich ein wenig groß geraten war.

„Kind", sagte die Königin, „beruhige dich. Es ist anders, als du denkst. Ob es dir besser gefallen wird, wird sich zeigen. Eins kannst du aus meiner Geschichte auf jeden Fall lernen: Glaube nicht, was die Leute reden. Jetzt nimm ein Glas Wein, mach es dir bequem und hör zu. Wo waren wir stehengeblieben?"

„Du standest mit deinem Ehemann im Wald in dem kleinen Häuschen und solltest Essen kochen."

„Ja, stimmt."

*Mein Mann lag also auf dem Strohsack, alle Viere von sich gestreckt. Er dachte, dass ich ihn nicht erkannte. Aber mit dem Kinn hatte er keine Chance, inkognito zu bleiben. Längst war klar: Das war der Drosselbart von gestern. Heute sollte er ein armer Mann sein, gestern hatte er von Ländereien und einem Schloss gesprochen. Die Wahrheit lag wohl irgendwo in der Mitte. Aber arm oder reich, seine Blicke waren heute genauso schmierig wie gestern.*

*„Wird's bald was mit dem Essen?", sagte er nun. „Ich habe Hunger. Bist du dir zu fein dafür? Damit ist Schluss. Du bist jetzt eine arme Frau und hast zu tun, was ich …"*

*„Lieber Mann", sagte ich, „Ich würde euch sehr gerne etwas kochen, alleine es gibt keine Vorräte im Haus."*

*Und tatsächlich war es so. Wahrscheinlich hatte er sich nie Gedanken darüber gemacht, wo die feinen Gerichte herkamen, die er täglich in sich hineinschaufelte, und was dafür notwendig war, eine Mahlzeit zuzubereiten. Es gab eine Feuerstelle und draußen einen Brunnen, aber weder Mehl noch Grieß noch Zucker noch Salz noch sonst irgendeine Zutat.*

*Er brüllte ein wenig herum, aber dann sah er ein, dass er einen Fehler gemacht hatte. Er holte ein Goldstück aus seinem Beutel und warf es mir vor die Füße.*

*„Geh und besorg uns etwas", sagte er. „Weigere dich nicht, du bist jetzt eine arme Frau. Das hast du von deinem Stolz. Aus ist es mit dem Luxusleben. Raus, keine Widerrede!"*

*„Sehr gerne, lieber Mann", sagte ich. „Wisst ihr zufällig, wo die nächste Ortschaft ist? Nein? Dann kann es ein Weilchen dauern, aber ich gehe gleich los."*

„Beeil dich, sonst wirst du den Prügel zu spüren bekommen", schrie er. „Ich habe Hunger und du bist meine Frau und musst für mich sorgen."

„Alles klar", sagte ich freundlich. „Leg dich ein wenig hin und ruh dich aus. Bis später!"

Er rief einen unflätigen Spruch hinter mir her, aber ich war schon aus der Tür.

Meine Füße taten furchtbar weh. Tatsächlich war das Letzte, was ich jetzt wollte, weiterzuwandern ins nächste Dorf und wieder zurückzulaufen. Aber ich biss die Zähne zusammen. Der Weg gab mir Zeit, Pläne zu schmieden.

Ich humpelte durch den Wald. Links und rechts wuchsen Pilze, aber ich kannte mich damit nicht aus und wollte nichts riskieren. Sicher würde mein Mann kein Pilzgericht von mir essen, ohne mich vorher kosten zu lassen. Ein paar Beeren erkannte ich. Ich stärkte mich damit für den Weg.

Schließlich gelangte ich an eine Lichtung. Darauf standen ein paar Häuser. Ich klopfte an die Tür des größten Hauses. Eine junge Frau öffnete mir. Ich bat um etwas zu essen, aber sie schlug mir die Tür vor der Nase zu. Nebenan erging es mir nicht anders. Schließlich gelangte ich an das kleinste Haus. Ich klopfte. Eine alte Frau schaute durch den Türspalt. Ich schilderte mein Anliegen. Die Tür ging auf und ich wurde hineingebeten. Drinnen war es dunkel, aber die Küche war gut bestückt mit Kochzutaten und Vorräten. Ein Topf Suppe duftete köstlich. Die alte Frau bedeutete mir, mich an den Tisch zu setzen. Sie schöpfte mir einen Teller Suppe. Herrlich schien sie mir nach dem langen Tag und meiner Wanderung.

„Schmeckt es euch, Prinzessin?", fragte die alte Frau.

„Woher wisst ihr ..."

„Die Geschichte hat sich herumgesprochen. Und euer Kleid entspricht nicht der üblichen Tracht."

„Die anderen im Dorf haben mich angestarrt."

„Sie wissen natürlich Bescheid. Und sie gönnen euch euer Unglück. Sie freuen sich, wenn es den Reichen schlecht geht. Macht euch nichts draus. So sind die Leute. Sie haben sonst nicht viel zu lachen."

„Und ihr? Lacht ihr auch über mich?"

„Nein, warum? Ich sehe eine stolze junge Frau und das gefällt mir. Ich habe mir auch nicht alles bieten lassen."

„Danke", sagte ich.

„Na, na, nur keine Heulerei", sagte die Alte. „Das kann ich nicht leiden. Wird schon werden."

„Ich weiß nicht, was ich tun soll", sagte ich.

„Kommt Zeit, kommt Rat. Èins nach dem anderen. Was braucht ihr im Moment am dringendsten?"

„Vorräte und Tipps fürs Kochen", sagte ich.

„Gut. Fangen wir an. Was für Fragen habt ihr?"

„Wie zündet man ein Feuer an und wie kocht man Wasser?"

Die alte Frau seufzte. Aber dann zeigte sie mir, wie ich mit einem Ofen umgehen musste und wie ich eine einfache Suppe zubereiten konnte. Die Zutaten packte sie in einen Korb, dazu noch etwas Brot fürs Frühstück und ein paar Äpfel. Dann steckte sie mir mit einem Zwinkern ein Fläschchen zu, das müden Männern den verdienten Schlaf verschaffe. Und als ich mühsam davonhumpelte, lief sie mir nach und reichte mir ein kleines Töpfchen mit Salbe für die Füße.

Ich wollte ihr das Goldstück geben, aber die Alte winkte ab.

"Eines Tages, wenn ihr wieder in einem Schloss wohnt, dann könnt ihr mir alles gern vergelten. Behaltet das Goldstück, vielleicht könnt ihr es noch gut brauchen."

Ich war sicher, dass ich nie mehr in einem Schloss wohnen würde, aber das Goldstück steckte ich ein.

In dem Häuschen im Wald lag mein Mann schnarchend auf dem Strohsack. So schlimm konnte sein Hunger nicht sein. Ich verstaute die Vorräte, räumte auf und säuberte die Küche. In einer Schublade fand ich einen Schinken und ein halbes Brot und hinter dem Herd stand eine leere Weinflasche. Ein benutzter Becher und frische Krümel erklärten, warum der Drosselbart keinen Hunger mehr hatte. Für sich hatte er gut vorgesorgt, nur ich sollte wohl ein ärmliches Leben führen.

Ich breitete meine Schleppe auf dem Boden aus und legte mich darauf schlafen.

Am nächsten Morgen stieß mich mein Mann mit dem Fuß an.

„Wo warst du so lange, du faule Gans?", sagte er. „Ich musste den ganzen Abend hungern, während du im Wald herumgeschlichen bist. Wo ist mein Frühstück?"

Ich gab ihm das Brot und die Äpfel.

„Woher hast du das? Und was für ein Frühstück soll das sein? Ich will Eier und Speck!"

*„Lieber Mann, wir leben in Armut und Bescheiden-*
*heit. Das hast du mir versprochen und ich will mich*
*gerne daran gewöhnen."*

*Er starrte mich verdattert an. „Dir geht's wohl im-*
*mer noch zu gut!"*

*„Natürlich", sagte ich. „Ich bin bei meinem Mann,*
*ich habe ein Stück Brot und einen Apfel und draußen*
*scheint die Sonne."*

*„Pass auf, dass ich dich nicht schlage. Du bist bettel-*
*arm, du hast es noch nicht verstanden. Du denkst wohl,*
*das ist ein Spiel und morgen isst du wieder von golde-*
*nen Tellern? Nein, niente, never, jamais! Du wirst in*
*diesem Loch versauern. Du hättest einen Edelmann*
*haben können, aber nun hast du einen Bettelmann. Das*
*ist die Strafe. Kapiere es!"*

*„Lieber Mann, es ist keine Strafe, mit euch zusam-*
*menzuleben. Auch in der kleinsten Hütte kann das*
*Glück wohnen."*

*Ich würde mich von diesem eingebildeten Wicht*
*nicht reizen lassen.*

*„Du bist nicht nur stolz, du bist auch noch dumm",*
*sagte er. „Aber du wirst lernen, was du dir eingebrockt*
*hast. Jetzt mach dich an die Hausarbeit. Ich gehe aus.*
*Abends möchte ich eine warme Suppe auf dem Tisch*
*stehen haben. Und räum diesen Affenstall auf, der*
*Strohsack mieft."*

*Er stürmte aus dem Haus und knallte die Tür hinter*
*sich zu. Wahrscheinlich rannte er nach Hause, um sich*
*ein üppiges Frühstück servieren zu lassen.*

*Ich nagte an einem Apfel und weinte ein bisschen.*
*Dann krempelte ich die Ärmel hoch und brachte das*
*Haus in Ordnung. Ich hatte noch nie so hart gearbeitet,*

*aber ich stellte fest, dass ich bei der Arbeit gut nachdenken konnte. Und ich wollte nicht noch eine Nacht in einem Haus voller Ungeziefer und Spinnen verbringen. Am Nachmittag kochte ich eine Suppe. Ich fügte ein paar Stückchen von dem versteckten Schinken hinzu. Die Suppe schmeckte nicht so köstlich wie die der alten Frau, aber sie war annehmbar.*

*Als es dunkel wurde, kam mein Mann zurück. Er wirkte ausgeruht, hatte offensichtlich ein Bad genommen und seinen Bart eingeölt. Die Lumpen, die er sich angezogen hatte, wirkten wie ein schlechtes Theaterkostüm.*

*Er warf seinen schweren Rucksack in eine Ecke (wahrscheinlich war wieder jede Menge Proviant darin) und ließ sich auf den Strohsack fallen.*

*„Wo ist mein Essen?", schrie er.*

*Ich schöpfte ihm Suppe in eine Schale, streute ein paar frische Kräuter darauf und legte eine Scheibe geröstetes Brot daneben.*

*„Schön, dass ihr hier seid, lieber Mann", sagte ich. „Ich hoffe, ihr hattet keinen allzu harten Tag."*

*„Kümmere dich nicht um meinen Tag." Er setzte sich an den Tisch. „Suppe? Ich hätte einen Braten und Kuchen erwartet. Und komm mir jetzt nicht mit der Armut. Du bist einfach eine schlechte Hausfrau."*

*Er probierte. Offensichtlich schmeckte ihm die Suppe, denn ihm fiel nichts Beleidigendes dazu ein.*

*„Komischer Beigeschmack, aber kann man essen."*

*Ihm fiel wohl auf, dass das zu positiv klang.*

*„Aber das Haus sieht schäbig aus. Nichts als Spinnweben ..." Er schaute sich um und konnte keinen Staub mehr entdecken.*

„Aber immer noch der alte Strohsack. Warum hast du mir kein Bett bereitet", sagte er.

Dann stand er auf, schlurfte zum Strohsack und fiel nieder. Seine Lider senkten sich schon herab, als er noch murmelte: „Du dumme Frau, dir werde ich zeigen, wie hart das Leben sein kann, keine seidenen

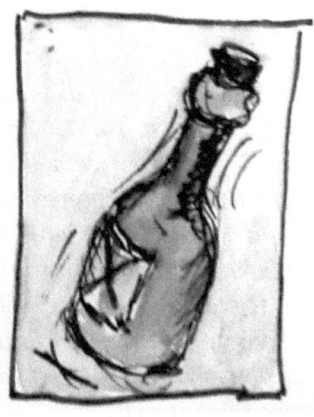

…" Und weg war er. Das Schlafmittel in der Suppe hatte eine durchschlagende Wirkung.

Ich legte mich wieder auf meiner Schleppe zur Ruhe.

Am nächsten Tag stürmte mein Gatte nach ein paar Beleidigungen aus dem Haus. Er drohte mir wieder Schläge an, aber ich begann zu begreifen, dass er einer war, der lieber zu Spott und Demütigung griff als zum Stock. Zwar lief er morgens wie ein geölter Blitz zu seinem Zuhause, um sich pflegen zu lassen, aber besonders stark sah er nicht aus. Vielleicht könnte ich mich gegen ihn wehren.

Allerdings war ich seine Frau und musste tun, was er sagte. Er durfte mich sogar schlagen, wenn ihm danach war. Ich hatte die Gesetze studiert. Und er konnte mich jederzeit verstoßen, wenn er wollte. Dann hätte ich nicht mal mehr ein Dach über dem Kopf und müsste sehen, wie ich mich durchbrachte.

Einige Wochen vergingen. Nachts schlief mein Mann wie ein Stein auf dem Strohsack, morgens verließ er unter Drohungen das Haus und abends kehrte er zurück, um mich zu beschimpfen, bis er vom Schlafmittel einschlief. Immerhin saß ich im Trockenen, wenn es regnete, ich hatte eine Feuerstelle und die alte Frau gab mir von ihren Vorräten genug ab. Mein Mann hatte keinen Hunger, da er wohl tagsüber in seinem Schloss schlemmte, und mir reichten Brot und Suppe.

Da kam mein Mann eines Tages mit einem Sack Wolle und einem Spinnrad nach Hause.

„Ich habe die Nase voll davon, dass du auf meine Kosten auf der faulen Haut liegst. Diese Wolle sollst du morgen spinnen. Wehe, abends ist nicht alles fertig, dann setzt es was.“

„Sehr wohl, lieber Mann. Ich hoffe, ich kann spinnen“, sagte ich.

„Das hoffe ich für dich.“ Er gähnte. „Ich würde dir am liebsten gleich eine Abreibung geben, aber ich bin schon wieder so müde.“

Er ließ den Suppenlöffel fallen, schleppte sich zum Strohsack und schlief im Niedersinken ein.

Am nächsten Tag spann ich die Wolle im Nu zu feinstem Garn. Gar kein Problem. Offensichtlich hatte mein werter Mann keine Ahnung, womit sich feine Damen den ganzen Tag beschäftigten. Spinnen, Weben und Sticken gehörten als Prinzessin zu meinem Alltag.

Abends betrachtete mein Mann stirnrunzelnd die Garnknäuel.

„Lieber Mann, ihr werdet dafür einen guten Preis erzielen. Ihr seid ein kluger Mensch. Natürlich kann ich zum Haushalt mehr beitragen als zu putzen und zu kochen. Das tue ich doch gern!“

Er lief rot an, warf das Garn auf den Boden und stampfte mit dem Fuß. „Seidenes Garn wäre besser, du dumme Pute", zischte er.

Er schmiss den Sack mit der neuen Wolle, die er gebracht hatte, in eine Ecke, schlang seine Suppe hinunter und schlief ein.

Er nahm das fertige Garn nicht mit, aber dennoch spann ich auch die neue Wolle.

Abends kam mein Mann mit einem Handwagen voller Weidenruten nach Hause.

„So", sagte er grinsend. „Vorbei ist es mit den feinen Handarbeiten. Nun sieh zu, dass du Körbe flechtest. Ich will sie nächste Woche auf dem Markt verkaufen."

Ich versuchte mein Bestes. Aber aus den Weidenruten wurde alles, nur kein Korb. Ich stach mir in die Finger. Schließlich gab ich auf und heulte.

„Prinzessin, warum weinst du?"

Am Gartentor stand eine Marktfrau. Auf dem Rücken trug sie hoch aufgetürmt schöne, regelmäßig geflochtene Körbe. Sie schaute auf meinen Flechtversuch und lachte.

„Warum überlasst ihr das Handwerk nicht denen, die es verstehen?"

„Ich muss tun, was mein Mann verlangt."

„Sagt ihm, dass ihr das nicht könnt. Was soll er tun? Es ist nicht eure Schuld, dass ihr Prinzessin seid und keine Flechterin."

„Ich gebe niemals auf."

„Dann geht weg von diesem Schlingel. Ihr denkt im Ernst, dass euer Mann ein armer Spielmann ist?"

„Nein, ich weiß, es ist der Drosselbart."

„Aber ihr lasst euch gefallen, dass er euch demütigt und selbst den ganzen Tag in seinem Schlösschen im Bett liegt, edles Kraut raucht, Wein trinkt und Delikatessen isst?"

„Er ist mein Mann und nach dem Gesetz darf er mit mir tun, was er will."

Die Marktfrau nickte nachdenklich mit dem Kopf.

„Und wenn ihr einfach weggeht?"

„Wovon sollte ich leben als entlaufene Prinzessin?"

Die Korbflechterin stellte ihre Last ab, krempelte die Ärmel hoch und setzte sich neben mich.

„Ich helfe euch. Aber ihr müsst mir versprechen, dass ihr den Drosselbart nicht gewinnen lasst. Er erzählt allen, wie er euch für euren Stolz zahlen lässt. Die Männer reiben sich die Hände. Endlich zeigt es einer den Frauen, sagen sie. Wir haben in diesem Land so gut wie keine Rechte, aber auch das ist ihnen noch zu viel. An euch wollen sie ein Exempel statuieren. Und viele Frauen lachen mit den Männern. Seht die feine Prinzessin, sagen sie, die lebt im Dreck und bereut jetzt ihren Stolz. So geht es Frauen, die ihren Platz nicht kennen. Ihren Töchtern halten sie euch als Warnung vor. Bitte, Prinzessin, lasst euch nicht kleinkriegen. Tut es für die Frauen in eurem Reich, damit auch andere den Kopf nicht mehr senken."

Ich hatte tatsächlich den Kopf wieder gehoben.

„Aber ich weiß keine Lösung", sagte ich. „Vielleicht werde ich in diesem Häuschen sterben und mein Mann wird daneben stehen und lachen."

„Kommt Zeit, kommt Rat", sagte die Marktfrau. „Geht Schritt für Schritt und bleibt euch treu. Und jetzt lasst euch zeigen, wie man einen Korb flicht."

Die Weidenruten waren störrisch. Doch bis zum Abend hatte ich einen Korb fertig, ein wenig schief zwar, aber den Bogen hatte ich raus. Jetzt fehlte nur noch Übung. Die Marktfrau verabschiedete sich. Ich wollte ihr das Goldstück geben, aber sie nahm es nicht an.

„Vergeltet mir meine Hilfe, wenn ihr Königin seid", sagte sie und ging weiter.

In den nächsten Tagen kam der Drosselbart abends gar nicht nach Hause. Die Marktfrau hatte erzählt, dass es bei Hofe eine große Jagd gab, an der mein Mann teilnahm. Ich saß in der Sonne, flocht Weidenkörbe und stellte mir vor, wie die feinen Damen und Herren zur Jagd ritten. Ich wäre gerne dabei gewesen, aber nicht mit dem Drosselbart.

Als mein Mann wieder in unserem Häuschen erschien, war ich vorbereitet. Alles war sauber, der Strohsack aufgeschüttelt, die Suppe bereitet, die Körbe standen in Reih und Glied in der Ecke für den Markt bereit.

Wie erwartet, gefiel das dem Drosselbart gar nicht. Er tobte, er trat die Körbe auseinander, er schimpfte. Dann aß er seine Suppe und fiel in Schlaf. Am nächsten Morgen ließ er mich die Körbe auf den Handkarren laden und dann musste ich hinter ihm den Karren zum Markt ziehen.

Der Karren war nicht schwer. Aber die Menschen, die wir auf dem Weg trafen, tuschelten. Die Kinder warfen Steinchen nach mir. Die Marktfrau hatte nicht übertrieben: Meine Geschichte war bekannt im ganzen Land. Mein Mann stolzierte vor mir her und viele Männer klopften ihm auf die Schulter.

Ich hatte nichts getan, wofür ich mich schämen musste, aber trotzdem schämte ich mich. Ich wollte weg *von diesen Menschen, die mir dreist ins Gesicht schauten, obszöne Gesten machten und über mich spotteten. Wir gaben die Körbe bei einem Stand ab und dann eilte ich nach Hause. Ich atmete auf, als ich im Wald bei meinem einsamen Häuschen war.*

*Spät am Abend kam der Drosselbart nach Hause. Er grinste breit.*

*„Was hattest du es denn so eilig, Frau? Gehst du nicht gerne unter Leute? Das ist bedauerlich. Denn ab morgen wirst du auf dem Markt Töpferwaren verkaufen."*

*„Lieber Mann, nein, bitte lass mich hierbleiben", sagte ich.*

*Ein Leuchten ging über sein Gesicht.*

*„Gefällt es dir so gut in dieser erbärmlichen Hütte? Oder willst du dich vor Scham verkriechen? Wo ist dein Stolz geblieben? Ich habe entschieden, dass du auf dem Markt arbeiten wirst. Ich bin dein Mann und habe den Vertrag besiegelt. Keine Ausrede. Ich werde den Leuten zeigen, dass du dich meinem Willen beugen musst. Du gehörst mir mit Leib und Seele."*

*Seine Worte bewirkten, dass ich die Zähne zusammenbiss. Ich würde nicht aufgeben.*

*Am nächsten Morgen führte mich mein Mann auf den Markt. Ich ließ keine Regung erkennen, wie es mich meine Gouvernante gelehrt hatte. Meine Kleider waren zu Lumpen zerschlissen, aber ich trug sie, als wären es herrschaftliche Gewänder. Wieder starrten die Leute, zeigten auf mich. Ein Mann spuckte vor mir aus. Ich behielt mein Lächeln bei.*

*Der Drosselbart hatte dafür gesorgt, dass mein Stand am Eingang des Marktes war. Die Töpferwaren* standen auf der Straße vor dem Stand, so dass ich mitten unter die Leute musste, um darauf zu achten, dass nichts gestohlen oder umgestoßen wurde.

Die Besitzerin des Standes empfing mich mit den Worten: „Euer Mann hat mir erzählt, dass ihr das Arbeiten nicht gewohnt seid, aber ich werde euch schon beibringen, eine ordentliche Marktfrau zu sein."

Und so lernte ich es. Die Leute hatten natürlich mitbekommen, dass die stolze Prinzessin nun hier unter ihnen arbeitete, und so kamen sie von nah und fern herangeströmt. Sie standen herum und behinderten das Geschäft. Es gab ein Gedränge und bald fiel der erste Krug um und zerbrach. Die Besitzerin des Standes zog mir den Preis des Kruges von meinem Lohn ab. Da ich selbst den Lohn ohnehin nicht bekommen würde, konnte mir das egal sein. Aber ich wusste, dass der Drosselbart mir jeden Fehler siegesgewiss vorhalten würde. Also tat ich mein Bestes, damit keine Ware zu Bruch ging.

Es ließ sich nicht vermeiden. Aber schließlich sprach sich herum, dass es nichts zu sehen gab, und die Menge wurde kleiner. Ab und zu kamen nach wie vor Schaulustige, aber die meisten Menschen auf dem Markt beachteten mich bald nicht mehr. Ich war eine Verkäuferin von vielen. Ich lernte zu handeln. Es kam mir zugute, dass ich geübt hatte, Konversation zu treiben, und so liefen die Geschäfte bald gut. Die Marktfrauen der Stände nebenan begannen mich zu grüßen. Ich fand Anerkennung und viele Kunden kauften gerne bei mir. Selbst die Standbesitzerin war freundlich, denn ich garantierte gute Geschäfte.

Bald war ich gerne Marktfrau. Nur der Drosselbart machte mir das Leben sauer. Er holte mich abends ab und fragte, wie viele Krüge ich zerschlagen hätte. War etwas kaputtgegangen, dann stieß er mich vor sich her und drohte, mich zu schlagen. Hatte ich einen Schaden verhindern können, dann schimpfte er ebenso. Je mehr mich die Leute mochten, desto wütender wurde der Drosselbart. Er warf mir vor, ich würde den Männern schöne Augen machen. Er redete schlecht über mich mit den Händlern, aber die hatten sich längst ein eigenes Bild gemacht. Mancher bot mir an, für ihn zu arbeiten. Doch der Drosselbart war mein Mann und konnte über mich verfügen.

Die Marktfrauen sorgten sich, dass der Drosselbart mich schlug, doch er sprach nur davon. In der Hütte rührte er mich niemals an. Auch nicht im Bett. Dass das so blieb, dafür sorgte nach wie vor das Fläschchen der alten Frau.

Jeden Tag stand ich auf dem Markt, am Sonntag putzte ich das Haus, hackte Holz und versorgte den Garten. Der Drosselbart verdiente an mir. Wäre er wirklich ein armer Spielmann gewesen, hätte er Grund zur Zufriedenheit gehabt. Doch seine Miene wurde von Tag zu Tag finsterer. Ich machte mir Sorgen. Ich hatte ein Stück weit gewonnen, aber ich hatte im Politikunterricht gelernt, dass das oft trügt. Wer unterliegt, sinnt auf neue Wege, den anderen zu übertrumpfen.

Eines Tages handelte ich mit einem gut betuchten Kunden um ein paar schöne Krüge. Ich würde einen hohen Preis erzielen. Da kam mit donnernden Hufen ein Husar herangaloppiert. Er zwang sein Pferd rücksichtslos durch die Menge. Die Leute kreischten und sprangen nach links und rechts, so gut sie konnten. Der Husar gab seinem Ross die Sporen und hielt direkt auf meinen Töpferstand zu. Vorsicht, schrie mein Kunde, packte mich am Arm und zog mich im letzten Moment zur Seite, als das Pferd mitten in die Töpferwaren sprang. Die Krüge klirrten, das Pferd erschrak, es stieg und stieß weitere Tonwaren um. Panisch drehte es sich um die eigene Achse, seine Hufe fanden kaum Halt im Meer der Scherben und umso heftiger trat es in alle Richtungen aus. Als kein Gefäß mehr ganz war, riss der Reiter sein Pferd herum und donnerte davon, wieder durch die schreiende Menge.

Es herrschte blankes Chaos, Mütter riefen nach ihren Kindern, Marktfrauen sammelten ihre Waren zusammen, Diebe nutzten das Getümmel, um Beute zu machen und wurden verfolgt. Ich stand inmitten eines Scherbenhaufens. Es gab nichts mehr, was ich retten konnte. Die Besitzerin des Standes schlug die Hände über dem Kopf zusammen. Ich nahm wortlos den Besen und kehrte die Scherben auf.

Aus dem Nichts erschien der Drosselbart.

„Was hast du gemacht, du unglückseliges Geschöpf?", sagte er und packte mich am Ohr.

„Sie kann nichts dafür", sagte die Besitzerin.

„Ein Wahnsinniger", sagte mein Kunde, der mich vor den Tritten des Pferdes beschützt hatte. „Ein Irrer hat getobt und gewütet, bis alles zerschlagen war."

„Du bringst nichts als Pech, Frau", sagte der Drosselbart. „Nur dein Stand wurde zerstört. Alle anderen sind heil geblieben. Du hast die Wut des Reiters auf dich gezogen. Das sollst du mir büßen. Ich will dir nicht länger Obdach geben. Du sollst auf der Straße leben und betteln gehen, bis du den Schaden ersetzt hast."

*Die anderen redeten auf den Drosselbart ein, aber er ließ nicht mit sich handeln.*

*So hatte ich nun kein Dach mehr über dem Kopf. Ich setzte mich an eine Straßenecke, um zu betteln, aber die Bettlergilde vertrieb mich. Es galten strenge Regeln in der Welt der Bettler. Ich war verzweifelt. Aber ich sah, wie der Drosselbart mich um eine Hausecke herum beobachtete. Also lief ich mit unverdrossenem Gesicht durch die Stadt. Der Drosselbart folgte mir viele Stunden lang, doch schließlich wurde es dunkel und kalt und da zog es ihn zurück in sein schönes Haus an den gedeckten Tisch. Kaum war er aus meinen Augen, erlaubte ich mir, zu weinen. Wo sollte ich heute Nacht schlafen?*

*Dann kam eine Marktfrau und lud mich ein in ihr Haus. Sie hatte den Stand gegenüber gehabt und gesehen, wie der Drosselbart mich behandelte. „Man muss sich nicht alles gefallen lassen", hatte sie oft gesagt. Nun nahm sie mich nachts auf. Sie hatte nicht viel, sie lebte alleine mit zwei kleinen Kindern, aber in ihrem Haus herrschten Liebe und Zuneigung. Als wir vor dem Schlafengehen zusammensaßen und die Kräuter für den nächsten Markttag vorbereiteten, kam ihr Bruder herein.*

*Als ich den Bruder sah, musste ich lachen. Ich hatte meinen Mann Drosselbart getauft, aber das Kinn dieses Mannes war noch viel schiefer und größer. Allerdings leuchteten seine Augen so freundlich und sanft, dass ich bald nicht mehr sah, dass er ein großes Kinn hatte. Während der Drosselbart immer noch hässlich und abstoßend war, konnte ich am Bruder der Marktfrau bald keinen Makel mehr erkennen. Ich hätte mir sehr gewünscht, diesen Drosselbart zum Manne zu haben, und es war mir vollkommen egal, dass er tatsächlich ein Spielmann war.*

*So lebte ich etliche Wochen lang: Tagsüber streifte ich durch die Stadt und nachts war ich bei meiner Freundin, der Marktfrau, zu Gast. Mir ging es nicht schlecht, nur der Drosselbart blieb eine Last. Er wurde immer wütender, weil ich nicht weinte und klagte.*

*„Hörst du nie auf, gute Miene zu machen?", schrie er.*

*„Lieber Mann", sagte ich, „ich tue, was ihr befehlt. Ich bin damit zufrieden, so wie es sein soll."*

*Er stampfte mit dem Fuß und lief aus der Stadt, wahrscheinlich nach Hause in sein Gemach, um sich von Süßigkeiten trösten zu lassen.*

*So ging es eine Weile. Bis der Drosselbart eines Tages siegesgewiss aussah. Mir lief bei diesem Anblick ein Schauer über den Rücken.*

*„Frau", sagte er. „Ich will, dass du als Küchenmagd am Hofe arbeitest. Es gibt ein großes Fest morgen und du sollst da die niedrigsten Arbeiten tun."*

*„Gut", sagte ich und lächelte, obwohl ich nicht darauf erpicht war, für meinen eigenen Vater als Dienstmagd zu arbeiten. „Was du sagst, lieber Mann."*

*„Willst du nicht wissen, um was für ein Fest es sich handelt?", fragte der Drosselbart.*

*„Es ist mir ganz gleich", sagte ich. „Ich bin eine Bettlersfrau. Was gehen mich die Feste der feinen Leute an."*

*Aber natürlich sagte er es mir trotzdem, sonst wäre er wohl geplatzt. „Dein Vater, der König, hat vor, seinen Nachfolger zu bestimmen. Morgen wird er ihn vorstellen, deswegen kommen Edelleute aus allen Landen an den Hof."*

*Ich bewahrte ein gleichmütiges Gesicht. Aber die Nachricht traf mich doch.*

„Das frage ich mich schon die ganze Zeit", sagte die Prinzessin. „Wenn der König das Reich an einen Schwiegersohn übergeben musste und du seine einzige Tochter warst, warum hat er dich dann nicht an einen Edelmann verheiratet? Der hätte die Regierungsgeschäfte übernehmen können. Wer sollte denn nun den Thron erben?"

„Es gab ja noch den Cousin."

„Den niemand als Thronfolger haben wollte. Auch der König nicht."

„Tja", sagte die Königin. „Vielleicht hatte der König einfach übereilt gehandelt."

„Dann war er ein schlechter König. Ich würde niemals mein Volk meinen Launen opfern."

„Sehr lobenswert", sagte die Königin. „Willst du noch etwas Wein, bevor ich fortfahre?"

„Ich nehme mir schon, erzähle du nur. Ich will wissen, wie die Geschichte weiterging. Denn schließlich sitzt du jetzt hier und bist Königin."

Versonnen lächelte die Königin. Sie nahm einen großen Schluck Wein, dann fing sie wieder an, ihr Garn zu spinnen.

*Am nächsten Tag morgens um drei Uhr stand ich vor der Tür zum Küchentrakt. Das Schloss hatte sich kaum verändert, seit ich nicht mehr dort wohnte. Die Vorbereitungen für das Fest waren weit gedrungen. Flaggen und Wimpel hingen überall, Teppiche waren im Hof ausgebreitet worden, um den vornehmen Gästen zu* ersparen, das Pflaster zu betreten. In der Küche huschten unzählige Menschen hin und her. Ich hatte befürchtet, erkannt zu werden, aber im Halbdunkel konnte keiner die vielen Handlanger voneinander unterscheiden. Ich wurde vor einen großen Sack Kartoffeln gesetzt und begann, sie zu schälen.

Nach einigen Stunden hörte man Fanfaren und das Trappeln von Pferdehufen. Die Gäste trafen ein. Wir schnippelten und schrubbten, rührten und kneteten nach Leibeskräften, angefeuert vom Chefkoch Anatole, der zum Glück nie in meine Nähe kam. Langsam nahmen die Gerichte Gestalt an. Es roch köstlich. So lange hatte ich kein feines Essen mehr bekommen. Die Marktfrau kochte sehr gut, aber sie konnte keine Fasanen, Hummer und Artischocken auf den Tisch bringen. Ich sehnte mich plötzlich nach einem weichen Bett, nach seidenen Bettlaken, heißer Schokolade zum Frühstück, der Qual der Wahl zwischen unzähligen Kleidern, einem warmen Bad mit anschließender Ölmassage. Mein Leben als Prinzessin war wunderschön gewesen. Keine Kälte, kein Hunger, keine harte Arbeit, kein Dreck unter den Fingernägeln.

„Hallo!", rief der Koch, „Nicht träumen, du da hinten! Wir brauchen die Zwiebeln gleich."

Ich wischte hastig die Tränen zur Seite und schnippelte, so schnell ich konnte.

Im Festsaal spielten die Musiker zum Mahl auf. In der Küche wurde es noch ein wenig hektischer. Es wurde geflucht und geschimpft, Kochlöffel flogen durch die Gegend, Soße spritzte. Ich wurde dazu abgestellt, das Gemüse um die großen Braten zu drapieren. Bei der ersten Platte beäugte mich der zuständige Koch misstrauisch, doch offensichtlich stellte ich mich gut an, so dass er mich danach alleine entscheiden ließ, wo ich die Karotten und die Pastinaken hinlegte.

„Los, los", rief der Leibkoch und klatschte in die Hände. „Servieren, servieren. Du auch!"

Er zeigte auf mich. Ich schaute verlegen auf mein zerrissenes Gewand mit den Fettflecken.

Doch er sagte nur: „Keiner schaut auf die Küchenmagd, alle schauen auf den Braten", gab mir einen Schubs, ich packte eine silberne Servierplatte mit einem reich verzierten Schwan darauf und reihte mich ein. Wir liefen hintereinander den Gang entlang, im gleichen Schritt, als hätten wir es geübt. Die Musik aus dem Speisesaal gab den Takt vor. Wir traten durch die Tür.

Die Tafel war lang. Sehr viele Gäste waren gekommen, um zu hören, wen der König zu seinem Nachfolger machen wollte. Sie versprachen sich einen Skandal. Nichts lockt die Leute mehr an, als die Gelegenheit, einer peinlichen Szene beizuwohnen.

Ich schaute in die Runde und erkannte Gesichter. Ein Augenpaar begegnete dem meinen und schweifte schon weiter. Der Koch hatte Recht, niemand sieht die Küchenmagd. Trotzdem hielt ich den Kopf gesenkt.

„Den Schwan nach vorne an den Kopf der Tafel!", zischte der Koch, der uns einwies.

Mein Mut sank. Gleich würde ich meinem Vater gegenüberstehen. Ich heftete die Augen auf den Boden. Vorsichtig ließ ich die schwere Platte mit dem Schwan auf den Tisch sinken.

Ein Stoß traf mich in die Seite, mein Arm wurde hochgerissen, der Schwan hob sich in die Luft, vollführte einen Salto, die Soße folgte seiner Bahn wie der Schweif eines Kometen, das Tablett fiel kopfüber auf das Stroh, das auf dem Boden ausgebreitet war. Der Schwan  war Brust voraus in der Mitte des Raumes gelandet. Das Blütenbouquet auf seinem Kopf zitterte noch. Ich stand mit gesenktem Kopf und zitterte auch.

„Du dumme Magd", rief eine Stimme.

Ich schaute unwillkürlich hoch. Neben mir stand der Drosselbart. Ich schaute schnell wieder nach unten. Ich wollte weglaufen, doch er hielt mich fest.

„Nicht so schnell, du ungeschicktes Ding. Der Schwan gehört dem König und du hast ihn verdorben. Das wirst du büßen."

Ich zerrte an seiner Hand, doch er hielt mein Handgelenk umklammert.

„Schau mich an, wenn ich mit dir rede. Was bildest du dir ein!"

Er packte mein Kinn und zwang mich, den Kopf zu heben.

„Ach", sagte er. „Das ist ja die stolze Prinzessin."

Wahrscheinlich hatte er die ganze Zeit auf diesen Moment gewartet. Er lachte laut und herzhaft über meine fleckige Kleidung.

„Ihr habt Petersilie im Haar, Prinzessin", sagte er. „Das ist die Krone, die zu euch passt."

*Und alle lachten. Wie sie eben immer lachen, wenn ein hoher Herr einen Witz macht. Und wie sie eben immer lachen, wenn ein schwacher Mensch gedemütigt wird. Ich hasste sie in diesem Moment. Ich hasste sie alle und ich war froh, dass ich keine Prinzessin mehr war und die Leute für ihre gemeine Art hassen durfte, wie ich wollte.*

*„Schaut, wie sie sich windet", sagte der Drosselbart. „Die Prinzessin, die nicht mal zur Küchenmagd taugt. Prinzessin Petersilie."*

*Er genoss es. Er genoss es so sehr, dass er sich die Tränen von den Augen wischen musste. Am liebsten hätte ich ihn angespuckt. Aber weder die Küchenmagd noch die Prinzessin war dazu in der Lage.*

*„Was sollen wir mit ihr machen?", fragte er in die Runde. „Sollen wir sie bestrafen? Was meint ihr, König, was sollen wir tun?"*

*Und er drehte mein Gesicht mit eisernem Griff, so dass ich in Richtung meines Vaters schauen musste. Ich wollte die Lider gesenkt lassen, doch dann hörte ich, wie auch mein Vater lachte.*

*„Prinzessin Petersilie", sagte er prustend. „Damit hat sie ihren Titel gefunden. Ich denke, sie hat ihre Lektion gelernt, lieber Freiherr von Drossel."*

*Ich öffnete die Augen und schaute meinem Vater mitten ins Gesicht. Es war rot angelaufen, so sehr lachte er. Ich sah ihn ruhig an. Ich hörte den beiden zu, wie sie sich amüsierten, dem Drosselbart und meinem Vater. Ich war mir jetzt sicher, dass sie von Anfang an gemeinsame Sache gemacht hatten. Der Drosselbart war nicht zufällig in seiner Verkleidung als Spielmann als*

Erster morgens erschienen. Es war ein abgekartetes Spiel. Sie wollten mich gefügig machen.

„Schau nicht so entsetzt, liebe Tochter", sagte der Vater. „Ich verzeihe dir."

„Und ich verzeihe dir auch", sagte der Drosselbart feierlich. „Liebe Prinzessin, ich bin dein Ehemann gewesen. Du musstest für mich alles tun. Du hast gebettelt und auf dem Markt gearbeitet. Und immer dachtest du, du wärst die Frau eines Spielmannes."

Er musste mich wirklich für sehr dumm halten. Oder er war sich nicht im Klaren darüber, wie auffällig sein spitzes Kinn war. Aber ich sagte nichts. Ich schaute nur stumm vom Drosselbart zu meinem Vater. Die beiden feixten. Meine Gedanken rasten.

„Oh", sagte ich dann. „Ich ahnte wirklich nicht, dass ihr es seid."

„Jetzt bist du erlöst", sagte der Drosselbart. „Du musst nicht länger in Armut leben. Ich denke, du hast gelernt, nicht stolz zu sein. Ich war übrigens auch der Husar, der auf dem Markt die Töpfe zerschlagen hat."

Das hatte ich tatsächlich nicht gewusst. Und ich verstand auch nicht, warum er das getan hatte. War es blinde Wut gewesen, weil ich auf dem Markt besser zurande gekommen war, als er gehofft hatte? Wollte er mir die Anerkennung nehmen? Aber wie hätte das funktionieren sollen? Alle hatten gesehen, dass ein Husar gewütet hatte und ich nichts dafür konnte. Der Drosselbart war einfach ein bösartiger Mann und hatte sich an der Zerstörung berauscht, dachte ich. Was für ein Wicht.

„Liebe Frau, du hast lange Zeit gelitten und mit mir auf einem Strohsack geschlafen ..."

„Ich habe niemals ..." zischte ich, aber der Drosselbart fuhr mir über den Mund.

„Nun werden wir zusammen leben, so wie es uns bestimmt ist Du musstest einen schweren Weg gehen, aber jetzt nehme ich dich gerne zu meiner wahren Frau."

Der König stand auf, verneigte sich vor dem Drosselbart und sagte: „Lieber Freiherr von Drossel, ohne euch wäre die Prinzessin nie zur Vernunft gekommen. Ich danke euch. Und nun, weil ihr mein Schwiegersohn seid, mache ich euch zu meinem Nachfolger."

Der Drosselbart verbeugte sich seinerseits gerührt. Er zog mich mit nach unten.

„Du brauchst uns nicht zu danken, Prinzessin", sagte der König. „Es ist sicher alles ein bisschen viel für dich. Geh in dein Gemach und lass dir andere Kleider geben. Das Gelump ist nur noch zum Verbrennen gut. Und nimm die Petersilie aus dem Haar – Prinzessin Petersilie, der Witz war gut", er fing wieder an zu kichern, der Drosselbart stimmte ein und die Gäste lachten pflichtschuldig mit.

Ich ließ mich waschen und ölen, in ein goldenes Gewand hüllen und ging wieder nach unten in den Saal. Der Drosselbart wartete schon ungeduldig. Wir saßen neben dem König am Kopf der Tafel. Ich bekam auf goldenen Tellern das serviert, was ich mit zubereitete hatte. Es roch köstlich, ich hatte Hunger, aber mir wurde übel, sobald ich einen Bissen probierte. Dieses Festmahl war nicht für mich.

Der Drosselbart und der König tranken viel Wein. Bald wurden sie sentimental, sangen Lieder, tätschelten meine Hand und beteuerten, wie schön ich wäre. Ich nutzte die erste Gelegenheit, mich zurückzuziehen.

Am Morgen hatte ich mich nach meinem weichen, sauberen Bett gesehnt. Aber mir schien, als wäre der Strohsack bei meiner Freundin, der Marktfrau, bequemer gewesen.

Ich fand lange keinen Schlaf und als ich endlich die Augen geschlossen hatte, ging die Tür auf und der Drosselbart stolperte herein. Er hatte eine Schüssel mit Trauben mitgebracht. Er pflückte eine Traube ab und wollte sie mir in den Mund stecken. Ich wehrte ab.

„Sei doch nicht so, Liebchen", sagte er mit schwerer Zunge. „Endlich können wir zusammen sein, wie es sich für uns gehört. Lange Zeit hast du mit mir einen Strohsack teilen müssen ..."

„Ich habe niemals mit euch den Strohsack geteilt, werter Herr", sagte ich. „Vielleicht ist es eurer Erinnerung entgangen, aber wir haben in keiner Nacht zusammengelegen."

„Ach was", sagte er.

„Stimmt es etwa nicht?"

„Was nicht war, kann ja jetzt werden", sagte er und wollte mich küssen.

Ich rückte ab. „Nein, mein lieber Drosselbart."

„Hört auf, mich so zu nennen", sagte er. „Ich heiße Freiherr von Drossel und das weißt du ganz genau."

„Ja, lieber Drosselbart, das weiß ich."

„Hör auf damit!"

„Wieso, es ist ein Kosename", sagte ich.

„Ich will nicht, dass du mich so nennst", sagte er. „Hast du gar nichts gelernt, du dumme Frau? Was muss ich mit dir machen, damit du endlich akzeptierst, dass ich dein Herr und Gebieter bin?"

„Bist du das?"

„In unseren Gesetzen steht, dass eine Frau ihrem Mann folgen soll und tun, was er wünscht."

„Der Spielmann war mein angetrauter Mann. Aber ihr nicht."

„Ich war der Spielmann, Dummchen. Hast du das immer noch nicht verstanden, Prinzessin Petersilie?"

„Ich habe den Spielmann geheiratet, nicht euch."

„Ich – bin – der – Spielmann. Und ich war der Husar. Kapier es!"

„In das Buch hat der Amtmann eingetragen, dass ich den Spielmann geheiratet habe."

„Den es nicht gibt."

„Also bin ich am Ende ledig?"

„Nein – du bist meine Frau! Und du wirst tun, was ich wünsche."

„Selbst wenn du der Spielmann wärest – ich sage, wenn –, dann wärest du nicht mein Mann."

„Was soll das nun wieder?"

„Die Ehe ist nicht vollzogen worden, wenn ich deinem Gedächtnis noch einmal auf die Sprünge helfen darf."

„Das lässt sich ändern." Er lehnte sich nach vorne und wolle mich niederdrücken. Ich machte mich frei. Durch die harte Arbeit war ich recht stark geworden.

„Ich werde nicht mit einem Mann das Bett teilen, der nicht mein Mann ist."

„Was soll das? Was ist das für eine Teufelei? Willst du vor allen Leuten behaupten, dass wir nicht Mann und Frau sind?"

„Keine schlechte Idee."

„Wer sollte dir glauben? Dein Vater ist mir sehr dankbar, dass ich dich gezähmt habe. Egal, was du ihm erzählst, er wird nicht auf dich hören."

„Er muss mir nicht glauben, ich habe es Schwarz auf Weiß: Ich bin mit dem Spielmann verheiratet, nicht mit dir."

„Ach, wir wissen alle, dass das nur eine Auslegungssache ist. Namen sind relativ", sagte er, aber in seiner Stimme war jetzt eine Unsicherheit.

„Dann verstehe ich nicht, was du an Drosselbart nicht magst", sagte ich.

„Hörst du noch nicht auf, du freches Biest! Du scheinst unbelehrbar. Weißt du was, Lumpenprinzessin, ich habe keine Lust, mit dir zu streiten. Das ist mir zu doof. Denk nur dran: Wenn du nicht mit mir verheiratet bist, dann wirst du auch nicht Königin sein. Dein Vater wird dich wieder verstoßen, da bin ich mir sicher. Bei der Blamage, die du ihm bereitest. Schlaf mal drüber, dann wirst du schon einsehen, dass du von Glück sprechen kannst, meine Frau zu sein. Und sei froh, dass ich dir nicht gleich mit Gewalt beweise, dass du es bist."

Er ging und knallte die Tür zu. Der Page versuchte, sie festzuhalten, aber er war nicht schnell genug.

„Aber", sagte die Prinzessin. „du hast dich doch dann darauf eingelassen, mit diesem Mann verheiratet zu sein. Warum hast du das getan? Es tut mir leid, dass ich das über meinen Vater sagen muss, aber er war ein widerlicher Kerl. Und mein Großvater ebenfalls. Warum bist du beim Drosselbart geblieben? Und warum hast mit ihm doch das Bett geteilt, sonst wäre er nicht mein Vater. Das liegt doch auf der Hand."

„Hast du nicht vorhin über die Pflicht gegenüber dem Land gesprochen, Kind?", sagte die Königin. „Du wolltest doch den Erstbesten, nein, Zweitbesten heiraten, der dir morgen vor die Augen kommt. Und wenn es auch ein Drosselbart ist, du wolltest dir keine Wahl lassen."

„Ja", sagte die Prinzessin genervt. „Das habe ich gesagt. Und ich wollte mich auch dran halten, aber einen Drosselbart sollte man nicht heiraten, das habe ich schon verstanden. Obwohl du es selbst getan hast. Und schließlich sogar bei ihm geblieben bist, freiwillig! Du kannst von Glück sprechen, dass er losgezogen ist, um den heiligen Nachttopf zu suchen, und nicht mehr zurückgekommen ist."

„Du möchtest den Drosselbart also nicht mehr kennenlernen?", fragte die Königin.

„Nein, auch wenn er mein Vater ist", sagte die Prinzessin, „ich lege keinen Wert mehr darauf. Ich habe mehr über ihn erfahren, als ich wissen wollte."

„Und was ist mit der Suche nach einem Ehemann?"

„Ich werde Ausschau halten, bis mir einer gefällt."

Die Königin nickte zufrieden. „Es ist schon sehr spät. Wir sollten schlafen gehen. Ich bin froh, dass ich dir meine Geschichte erzählt habe. Ich bin mir nicht sicher, ob ich darin eine gute Figur abgebe. Obwohl ich die Version, die der Drosselbart den

Leuten erzählte und die sie bis heute weitergeben, noch viel schlimmer finde. Du kennst das Märchen ja. Bis dein Vater fortging, hat er es allen erzählt. Am liebsten, wenn ich daneben saß. Er wollte die Geschichte sogar von einem Barden vertonen lassen. Dazu kam es glücklicherweise nicht mehr."

„Was für ein Ekel", sagte die Prinzessin. „Für diesen Vater muss ich mich wirklich schämen. Ich hoffe, ich habe nichts von ihm."

„Warum solltest du?", rief die Königin.

„Ich bin doch seine Tochter!"

„Bist du nicht." Die Königin schlug sich die Hand vor den Mund.

„Was?"

„Ich wollte dir auch das erzählen. Oder lieber nicht. Ich weiß doch nicht, was besser für dich ist."

„Aber du warst mit keinem anderen Mann verheiratet."

„Man muss ja nicht unbedingt ..."

„Mir hast du das anders beigebracht!"

„Es waren besondere Umstände."

„Ach was, naja, stimmt schon. Du warst an den Drosselbart gebunden. Aber trotzdem, so widerlich der sich verhalten hat, du durftest doch nicht einfach einen anderen Mann in dein Bett lassen."

„Sollte ich keinen Mann lieben dürfen?"

„Nicht als verheiratete Frau und schon gar nicht als Prinzessin! Du musstest doch ein Vorbild sein."

„Ich war keine Prinzessin. Ich war verstoßen worden, schon vergessen? Ich war die Frau eines bettelarmen Spielmannes, der sich nicht um mich kümmerte."

„Im Herzen warst du immer eine Prinzessin."

„Ich habe mich als Marktfrau eigentlich wohl gefühlt."

„Mutter! Du bist die Königin, das ist deine Berufung! Du bist eine Königin wie aus dem Märchen: schön, klug, selbstbewusst."

„Sag lieber stolz", sagte die Mutter und lächelte.

„Ja, stolz, warum soll eine Prinzessin nicht stolz sein. Auf das, was sie kann und weiß. Stolz, das sagen die Männer, wenn sich eine nicht kleinmachen will. Du bist aber tatsächlich eine besondere Frau."

„Das glaube ich nicht. Nein, nein, das ist keine falsche Bescheidenheit. Ich bin so besonders wie die alte weise Frau, die mir das Mittel gab, mit dem ich den Drosselbart von mir fernhalten konnte. Ich bin so besonders wie die Korbmacherin, die mir half, Körbe zu flechten, statt mich zu verachten und auszulachen. Ich bin so besonders wie die Marktfrau, die mich aufnahm. All diese Frauen waren klug und weise, menschlich und gut."

„Was ist aus ihnen geworden?"

„Ich habe ihnen meinen Dank erwiesen."

„Du hast sie in den Adelsstand erhoben?"

„Nein. Das wäre ihnen nicht wichtig gewesen. Ich erzähle dir die ganze Geschichte."

„Nochmal?"

„Nein, von der Zeit an, als ich wieder im Schloss wohnte und der Drosselbart meinte, mein Mann zu sein."

„Was er nie wurde?"

„Was er nie wurde."

„Aber er hat es allen erzählt."

„Und ich habe nicht widersprochen."

„Warum?"

„Liebes Kind, ich war doch schwanger mit dir und ich wollte nicht, dass du in Armut aufwachsen musst."

*So saß ich also wieder als Prinzessin im Thronsaal, den Drosselbart neben mir. Mein Vater strahlte. Er plante, den Drosselbart bald krönen zu lassen.*

*„Wie schön, dass du endlich an deinem Platz bist, liebe Tochter", sagte er. „Ich möchte euch Gelegenheit geben, eure Flitterwochen nachzuholen. Ihr sollt euch richtig kennenlernen, bevor dein Mann die Mühsal des Regierens übernimmt und hoffentlich für lange Zeit mein Nachfolger wird."*

*Angesichts der Vorstellung eines langen Lebens an der Seite des Drosselbarts kamen mir die Tränen. Seit ich schwanger war, hatte ich nahe am Wasser gebaut.*

*„Ich sehe, du bist gerührt, liebe Tochter. Du hättest all das schon viel früher haben können. Aber lassen wir das. Jetzt bist du ja einsichtig."*

*Der Drosselbart fragte: „Für wann sind die Krönungsfeierlichkeiten geplant?"*

*„Du kannst es wohl gar nicht erwarten? Als ich ein junger Mann war, konnte ich auch nicht früh genug König werden. Jetzt weiß ich, dass es dann mit der Freiheit vorbei ist: Unterschriften, Entscheidungen, Empfänge, Jagden, Galaessen und jeden Tag prächtig geklei-*

det sein, das ist kein Zuckerschlecken. Und immer diese Meute von Spielleuten, die über jedes Wort von mir ein Lied verfassen."

„Ihr habt einen ruhigen Lebensabend verdient", sagte der Drosselbart.

„So alt bin ich auch wieder nicht", gab mein Vater zurück. „Ich habe den Abend noch nicht erreicht. Ich werde eine Weile auf Reisen durch das Land ziehen, bevor ich mich an der See in einem kleinen Schlösschen niederlasse und meine Memoiren schreibe."

„Selbstverständlich", beeilte sich der Drosselbart zu versichern. „Es ist gut, dass ihr auf der Höhe eurer Manneskraft zurücktretet. So könnt ihr noch ein paar Jahre das Leben genießen."

„Es werden wohl nicht nur ein paar sein", sagte der König pikiert.

„Sicherlich, sicherlich", sagte der Drosselbart.

Ein Speichellecker und ein eitler alter Mann, dachte ich. Ich sehnte mich zurück auf den Markt. Dort war die Stimmung weitaus besser gewesen. Ich sollte alles hinwerfen und zurücktreten. War das möglich? Ich musste es nachlesen. Ich ging in die Bibliothek, um Gesetze zu studieren.

Vor dem Abendessen kehrte ich in den Thronsaal zurück. Der Drosselbart war nicht zu sehen. Mein Vater döste auf dem Thron, während die Minister um den großen Tisch standen und Dokumente entwarfen. Ich zupfte meinen Vater am Ärmel. Er schrak hoch und holte aus, um mir eine Ohrfeige zu geben. Im letzten Moment hielt er inne und zwickte mich stattdessen in die Wange.

„Töchterchen, was ist? Du solltest mich nicht so erschrecken, ich war tief in Gedanken."

„Ich muss mit euch reden."

„Warum so förmlich? Du darfst mich duzen. Bald wirst du selbst Königin sein."

„Werde ich nicht", sagte ich.

„Wie bitte?"

„Werde ich nicht."

„Was wirst du nicht? Du sprichst in Rätseln, liebes Kind. Aber dieses Gewand steht dir ausgezeichnet. Du siehst rosig aus."

„Vater, ich meine das ernst."

„Was?"

„Ich werde nicht Königin."

„Was soll der Quatsch? Dein Mann wird gekrönt und damit bist du Königin. Das hast du nicht zu entscheiden. Ich dachte, du wärst nicht mehr so schwierig. Was soll ich noch mit dir tun?"

„Ihr könnt mich ja noch einmal verstoßen", schlug ich vor.

„Mach darüber keine Scherze, du undankbares Kind."

„Wenn ihr mich nicht wegschickt, dann gehe ich von selbst."

„Warst du zu lange in der Sonne?"

„Ich möchte nicht mit dem Drosselbart zusammen dieses Land regieren. Auf keinen Fall. Lieber gehe ich zurück in die Stadt und werde Marktfrau."

„Was soll das? Bist du verrückt geworden?" Mein Vater war jetzt wach.

„Ich war noch nie so klar wie im Moment."

„Du kannst nicht Marktfrau sein, du bist Prinzessin. Du bist dafür geboren, Königin zu sein."

„Ich war bereits Marktfrau, schon vergessen?"

„Und das hat dir besser gefallen?"

„Ja. Ich war arm, aber ich hatte bessere Gesellschaft."

„Was sagt denn dein Mann dazu?"

„Was der Drosselbart sagt, ist mir egal."

„Soll er alleine regieren?"

„Das kann er nicht. Ich habe es nachgelesen. Er muss mit einer Prinzessin des Landes verheiratet sein."

„Quatsch."

„Frag deine Berater. Soll ich sie herrufen?"

„Auf keinen Fall. Das ist ein privates Gespräch. Deine wirren Ideen bleiben unter uns."

„Es wird den Leuten nicht verborgen bleiben, wenn ich auf dem Markt arbeite."

Mein Vater kniff die Augen zusammen. „Wie kann dir dein eigenes Land so egal sein? Willst du, dass der Cousin König wird? Bloß weil du dir zu gut für den Drosselbart bist, lässt du das Land vor die Hunde gehen?"

„Ich will nicht, dass der Cousin regiert. Aber der Drosselbart soll es auch nicht tun."

„Und wer sonst, wenn ich fragen darf, könnte mein Nachfolger werden? Du bist doch so belesen."

„Ich könnte Königin werden."

„Ich dachte, du willst auf dem Markt stehen und Gemüse verkaufen."

„Wenn die Alternative ist, mit dem Drosselbart zusammenzuleben."

„Ich verstehe nicht, worauf du hinauswillst. Hör auf mit dem Geschwätz. Ich lasse deinen Mann rufen, der soll dir diese Gedanken austreiben."

„Halt! Wenn ich mit dem Drosselbart leben soll, gehe ich noch heute zurück in die Stadt."

„Du bist verheiratet und darfst nicht selbst bestimmen, wie du lebst. Keine Ehefrau darf das."

„Der Drosselbart ist gar nicht mein Mann."

„Wie bitte?"

Ich setzte meinen Vater ins Bild. Er zog die Brauen hoch.

„Es muss doch keiner erfahren, dass ihr nicht beieinander gelegen habt", sagte er dann.

„Ich werde es allen erzählen."

„Wer sollte der Petersilienprinzessin glauben?"

„Ich habe Zeugen."

Ich ließ die Marktfrau, die Korbmacherin und die alte Frau hereinführen.

Mein Vater schaute die Frauen angewidert an. „Was sollen die abgewirtschafteten Weibsbilder hier im Schloss? Ich mag diesen Anblick nicht."

„Vater, diese Frauen wissen, dass ich nie mit dem Drosselbart die Ehe vollzogen habe."

„Na und", sagte er und grinste. „Das lässt sich schnell ändern. Wenn du erstmal ein Kind erwartest, interessiert sich keiner mehr dafür, wie diese Ehe begonnen hat."

„Ich bin schon schwanger", sagte ich.

Mein Vater schaute mich perplex an.

„Ich erwarte ein Kind. Nicht vom Drosselbart. Das werde ich allen erzählen, sobald ich den Hof verlassen habe. Diese drei Frauen sind meine Zeuginnen."

„Wer ist der Vater?"

„Ein Spielmann. Mehr werde ich nie sagen."

„Ein Spielmann? Ausgerechnet! Er wird Spottlieder über dich schreiben. Habe ich dich nicht vor den Spielleuten gewarnt?"

*„Und mit einem verheiratet?"*

*„Das war nicht wirklich einer."*

*„Du gibst zu, dass alles ein Spiel war?"*

*„Ach hör doch auf."*

*„Ich spiel jetzt jedenfalls nicht mehr mit."*

*„Aber der Cousin!"*

*„Ich lasse mich nicht erpressen. Ich verlasse das Schloss und erzähle alles. Außer du spielst nach meinen Regeln."*

*„Und die wären?"*

*Ich zog mir meinen Prinzessinnenthron heran. Meinen drei Zeuginnen wurden Stühle gebracht. Und dann trug ich meine Bedingungen vor.*

*Mein Vater der König weigerte sich erst. Aber nach einer Weile sah er ein, dass er keine Alternative hatte. Entweder er ließ sich auf meinen Vorschlag ein oder er würde eine unverheiratete Marktfrau mit Kind zur Tochter haben und den ekligen Cousin zum Thronfolger.*

„Was waren denn nun die Bedingungen?", fragte die Prinzessin. „Mach es nicht so spannend, Mutter!"

„Eigentlich könntest du selbst drauf kommen", sagte die Königin.

Die Prinzessin verdrehte die Augen. Die Königin lachte.

„Gut, ich sage es dir. Der König schickte den Drosselbart weg. Der schrie erst herum, aber schließlich hatte er seinen Preis. Er zog mit einer großen Apanage davon. Wir verbreiteten, dass ihm eine Erscheinung verkündet habe, er solle sich auf die Suche nach dem heiligen Nachttopf begeben. Da wunderte sich niemand, dass er nicht zurück- kehrte. Viele Männer suchen ihr ja ihr Leben lang nach dem heiligen Nachttopf. Der Drossel- bart hatte damit natür- lich nichts am Hut, er  leerte nur Krüge und Pokale. Zuletzt hörte ich von ihm, als er auf einem anderen Kontinent einen Wettbewerb um den längsten Bart gewonnen hat- te. Er scheint also glücklich zu sein. Was mir ei- gentlich vollkommen egal ist, aber es macht die Geschichte rund, findest du nicht?"

„Und die anderen Bedingungen?"

„Ich wurde Regentin, während der Drosselbart weg war. Irgendwann wurde ich Königin genannt. Für die Zukunft wurde bestimmt, dass auch Frau- en auf den Thron folgen können."

„Natürlich, das ist die Veränderung!"

„Das ist eine Änderung. Nicht die Wichtigste, obwohl sie dir die Möglichkeit lässt, auf den rich- tigen Mann zu warten oder auch alleine zu blei- ben."

„Ja, ja, das habe ich verstanden."

„Am wichtigsten war, dass fortan alle Frauen frei waren, das zu tun, was sie wollten. Sie mussten ihrem Mann nicht gehorchen, sie hatten ihr eigenes Geld und sie konnten ihren Mann vor Gericht brin- gen, wenn er sie zu etwas zwingen wollte."

Die Prinzessin nickte.

„Das war mein Dank. Für die Frauen, die mir geholfen hatten. Und für alle Frauen. Alle Frauen sollten wählen dürfen, wie sie leben wollen. Nicht nur Prinzessinnen."

Die Prinzessin sagte: „Aber Prinzen und Prinzessinnen sind immer noch dafür verantwortlich, die Regierung zu übernehmen. Und dafür zu sorgen, dass jemand auf den Thron folgen kann."

„Das ist wohl der Lauf der Dinge, liebe Tochter."

„Ich glaube", sagte die Prinzessin nachdenklich, „dass ich deine Linie fortsetzen möchte. Ich möchte, dass die Frauen und die Männer frei sind, so zu leben, wie sie wollen. Dass aber alle das tun können, was sie am besten können. Dass sie lernen können, was für sie das Richtige ist. Dass jede Frau nicht nur Marktfrau sein kann, Korbmacherin, Spielfrau, sondern auch Königin. Dass alle auf den Thron kommen können, die dafür geeignet sind, nicht nur die von hoher Geburt. Ich habe keine Ahnung, wie man festlegen könnte, wer auf dem Thron sitzen soll, wenn es nicht von Geburt bestimmt ist. Aber es wird eine Lösung geben. Vielleicht müsste man die Regierung sogar alle paar Jahre auswechseln. Ich werde mich beraten lassen und herausfinden, wie es am besten geht. Und dann können alle Menschen, Männer wie Frauen, darüber bestimmen, wie wir leben wollen. Wir würden die Weisheit aller nutzen. Wäre das nicht das Beste?"

„Liebes Kind, deine Freiheitsliebe in allen Ehren" sagte die Königin, „aber jetzt lässt du dich von deiner Fantasie davontragen. Jeder soll König oder Königin werden können? Was für eine aberwitzige Idee. Meinst du denn, wir leben im Märchenland?"

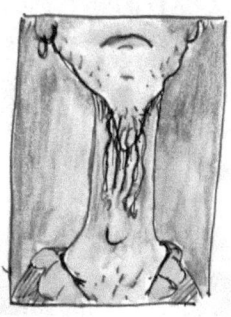

# Fröschelein

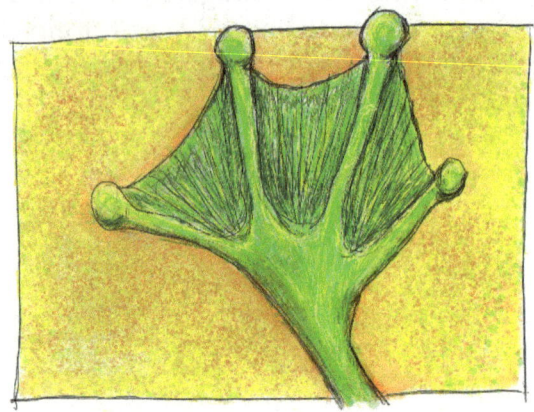

Es war einmal ein Frosch, der lebte in einem Brunnen. Genauer gesagt lebte er in einem Spalt in der Mauer. Wenn es regnete, hockte er gern auf dem Rand des Brunnens, schien jedoch die Sonne, dann kroch er aus seinem Versteck nicht hervor. Jeden Tag kam ein Mann zum Brunnen, der hatte drei eiserne Bänder wie Gürtel um den Brustkorb geschlungen, seinen Bart seit Jahren nicht rasiert und trug vornehme Gewänder, die zu Lumpen zerschlissen waren. Der Mann setzte sich auf den Brunnenrand und sang ein Lied von einem Fröschelein und manchmal kam dann der Frosch hervor und schien zu lauschen.

Der Brunnen lag in einem Wäldchen direkt neben einem Schlosspark. Ab und zu lief eine Prinzessin durch eine kleine Pforte aus dem Park heraus. Sie pflückte blaue Blumen, warf Steine in den Brunnen und spielte mit einer kleinen goldenen Kugel, die sie stets bei sich trug.

Eigentlich sollte die Prinzessin im Park bleiben, aber sie langweilte sich und entwischte den Wachen immer wieder. Sie hatte ein paar Gespielinnen, doch diese waren schüchtern und wohlerzogen. Ein freches und vorlautes Mädchen wäre nie als Gesellschaft für die Prinzessin ausgewählt worden. Die Prinzessin sollte von Menschen umgeben sein, die leise sprachen und sich gemessen bewegten. Sie sollte sich selbst auch still und fügsam zeigen, sich mit Handarbeiten befassen sowie stets sauber und ordentlich gekleidet sein. Das waren gute Voraussetzungen, um einmal eine erfolgreiche Königin zu werden. Die Prinzessin allerdings interessierte sich eher für die Landwirtschaft, für Kampfsport und fürs Trompetespielen. Ihre Kleider waren am Ende des Tages oft zerrissen und verschmutzt und ihre Haare lösten sich aus den Zöpfen und standen wild um ihren Kopf.

Der Vater war nicht glücklich mit seiner ungeratenen Tochter. Er hoffte, sie würde irgendwann einen Ehemann finden, der sie zähmte. Wenn sie endlich unter der Haube wäre, müsste er sich über ihr Benehmen keine Gedanken mehr machen. Das wäre dann das Problem eines anderen. Er hatte seine Frau geheißen, Ausschau nach Königssöhnen zu halten, die sich zum Schwiegersohn eignen könnten. Doch bislang hatte jeder dankend abgelehnt. Die Prinzessin hatte sie alle vor den Kopf gestoßen. Der König verstand nicht, woher die wilde Art der Prinzessin kam. Ihre Mutter, die Königin, war ein zartes, sanftes Wesen, das dem König noch nie widersprochen hatte. Leider vermochte sie es daher nicht, ihrer Tochter Schranken aufzuerlegen. Und so blieb es allein die Sache des Königs, seine Tochter zu disziplinieren.

Er hatte verfügt, dass die Prinzessin stets im Kreise ihrer Gespielinnen und Erzieherinnen zu bleiben habe und den Park nur in seiner Begleitung verlassen dürfe. Aber immer wieder schlich sie sich hinaus in den Wald. Eines Tages würde sie jemand überfallen oder sie würde von einem wilden Tier gefressen werden, dachte er manchmal. Dann aber stellte er sich seine Tochter vor und zweifelte daran, dass ein Räuber oder ein wildes Tier ihr gewachsen wäre.

Die Prinzessin fand Gefallen an dem Brunnen außerhalb des Parks. Sie warf Steine hinab und versuchte auszurechnen, wie tief das Loch sein mochte. Es roch nach Moos und Flechten und selbst im Hochsommer strahlte der Brunnen Kühle aus. Manchmal hörte sie einen Frosch quaken, aber sie hatte ihn noch nie entdeckt. Sie holte die goldene Kugel aus der Tasche und drehte sie in den Handflächen. In die Kugel war ein Glöckchen eingearbeitet, das bei jeder Bewegung einen hellen Klang von sich gab. Sie saß auf dem Brunnenrand, ließ die Kugel kreisen und genoss es, alleine und ungestört zu sein. Die Kugel hatte ihrer Großmutter gehört. Vielleicht hatte diese vor langer Zeit genau an diesem Brunnen gesessen und mit der Kugel gespielt. Der König nannte seine Schwiegermutter eine wilde und dominante Frau, die eine Plage gewesen sei. Die Prinzessin bedauerte, dass sie die Großmutter nicht kennengelernt hatte. Mit ihr hätte sie sich bestimmt gut verstanden.

Sie ließ die Kugel schneller kreisen und von einer Hand in die andere fliegen. Immer schwungvoller tanzte die Kugel, immer höher flog sie in die Luft und schließlich rutschte sie aus ihrer Hand, fiel auf den Brunnenrand und sprang von dort in den Schacht hinein. Es dauerte einige Augenblicke, bis ein leises Platschen anzeigte, dass die Kugel weit unten ins Wasser gefallen war. Entsetzt starrte die Prinzessin in den dunklen Brunnen hinab. Ihre Kugel war verloren. Niemals würde sie sie aus dem Brunnen heraufholen können. Natürlich hatte sie viele goldene und silberne Kostbarkeiten, weitaus wertvoller als die kleine Kugel. Aber diese war das einzige, was sie mit ihrer Großmutter verband. Sie fing an zu weinen und schämte sich dafür. Sie war stolz darauf, dass sie nie heulte, selbst wenn sie sich beim Sticken in den Finger stach, was oft geschah. Nein, sie war stark. Aber jetzt saß sie auf dem Rand des Brunnens und schluchzte, ohne sich beruhigen zu können.

„Na, na", sagte eine Stimme neben ihr.

Auf dem Brunnenrand saß ein dicker Frosch. Er sah schleimig aus. Eine andere Prinzessin hätte ihre Röcke zusammengerafft, aber sie blieb einfach sitzen.

„Was ist geschehen?", fragte der Frosch.

„Was geht es dich an", gab die Prinzessin zurück.

„Ich will nur höflich sein", sagte der Frosch. „Aber ich will mich nicht aufdrängen."

„Zu spät", sagte die Prinzessin. Sie wischte sich die Tränen aus dem Gesicht – als würde es etwas ausmachen, ob ein Frosch sie sehen könnte. Ein Frosch.

„Warum sprichst du überhaupt, Frosch?", fragte sie.

„Wie gesagt, ich wollte höflich sein", gab er zurück.

„Ich meine, warum kannst du sprechen?"

„Warum nicht?", sagte der Frosch. „Vielleicht können alle Tiere sprechen, sie tun es nur nicht, weil sie mit Menschen nicht reden wollen."

„Hmm", sagte die Prinzessin, „das überzeugt mich nicht. Ich glaube, du bist ein besonderer Frosch."

„Aber nein. Ich bin ganz gewöhnlich."

„Dein Benehmen auf jeden Fall", sagte die Prinzessin.

„Ach was, und ihr seid ein Ausbund an Höflichkeit?"

„Was fällt dir ein!" Die Prinzessin war es nicht gewöhnt, von dahergelaufenem Getier kritisiert zu werden.

„Ich sage nur, wie es ist", antwortete der Frosch ungerührt. „Doch jetzt habe ich genug von dieser Unterhaltung und überlasse euch eurem Elend."

Der Prinzessin fiel ihre goldene Kugel ein und schon schossen ihr wieder die Tränen in die Augen.

„Oh je", sagte der Frosch. „Geht das Geheule wieder los?"

„Lass mich in Ruhe!"

„Mit dem größten Vergnügen." Der Frosch hüpfte ein Stück zur Seite, drehte sich um und sagte: „Wenn ihr wegen dieser goldenen Kugel so ein Theater macht, die könnte ich euch durchaus wieder heraufholen. Aber ihr wollt ja in Ruhe gelassen werden." Er machte einen weiteren Satz.

„Halt!", rief die Prinzessin. „Bleib hocken und hol mir sofort die Kugel."

„Wie jetzt? Soll ich hocken bleiben oder in den Brunnen klettern?"

„Lass diese dummen Sprüche und bring mir meine Kugel."

„In diesem Tonfall? Ich bin nicht euer Untertan. Ihr müsst mich schon bitten."

„Na gut. Bitte!"

„Und ich stelle eine Bedingung."

„Du bist ganz schön unverschämt."

Doch was blieb der Prinzessin übrig? Sie brauchte ihre Kugel und nur der Frosch konnte ihr helfen. Sie verhandelten eine Weile, dann waren sie sich einig. Der Frosch kletterte über den Rand des Brunnens und verschwand. Es dauerte eine Unendlichkeit, bis er schnaufend wieder auftauchte. Links und rechts an seinem Kopf blähten sich Kügelchen auf, wenn er atmete. Er setzte sich direkt neben die

Prinzessin und öffnete das Maul. Darin lag die goldene Kugel. Er spuckte sie auf den Rand des Brunnens. Die Prinzessin fasste schnell zu, bevor die Kugel wieder in den Brunnenschacht rollen konnte. Die Kugel war klebrig. Die Prinzessin wischte sie an ihrem Rock ab.

„Vielen Dank", sagte sie und lief davon in Richtung Schloss.

„Denkt an unsere Abmachung", rief der Frosch.

„Jaja", antwortete die Prinzessin und verschwand hinter der Parkmauer.

Beim Abendessen herrschte mal wieder dicke Luft. Eine Hofdame hatte die Prinzessin verpfiffen. Das kleine Tor war mit einem neuen Schloss ausgestattet und verriegelt worden. Die Königin jammerte, weil ihre Tochter so ein Wildfang war, der König schaufelte wütend Bratkartoffeln in sich hinein. Die Küche war auch schon besser gewesen, doch es gab Probleme, gutes Personal zu finden. Das Schloss lag abgelegen und so verirrten sich selten Köche hierher, die mehr zubereiten konnten als einfache Hausmannskost. Auch das trug nicht zur Stimmung des Königs bei. Er wünschte sich, endlich einmal zu verreisen, am südlichen Meer in der Sonne zu sitzen und Meeresfrüchte zu essen. Allein, solange die Prinzessin nicht an den Mann gebracht war, war eine Reise ausgeschlossen. Sie konnten sie nicht unbeobachtet lassen und mitnehmen wollten sie ihre Tochter natürlich nicht. Dann wäre der Urlaub keine Erholung gewesen.

Die Prinzessin stocherte in ihrem Essen herum. Auch das war so eine Angewohnheit, die der König verabscheute. Konnte sie nicht einfach verzehren, was man ihr gab? Immerhin aß sie von einem goldenen Teller. Und jetzt begann sie noch vor sich hin zu reden. Es war genug.

„Was gibt es, Prinzessin? Beim Essen wird nicht geredet", sagte der König.

„Ach, nichts", sagte die Prinzessin.

„Aber doch, eure Majestät", quäkte eine Stimme. Der König schaute suchend herum und konnte niemanden entdecken, zu dem die Stimme passen mochte.

„Erlaubt mir, mich euch vorzustellen", fuhr die Stimme fort.

Etwas bewegte sich mitten auf dem Tisch. Der König schoss hoch, die Königin schrie auf. Es war ein großer, ekliger Frosch.

„Hast du dieses – dieses Tier hereingeschleppt, Tochter?", sagte der König. „Schaff es sofort weg."

„Mit Vergnügen", sagte die Tochter und griff nach dem Frosch.

„Eure Majestät", schrie dieser. „Ich bitte um eine Audienz. Gewährt mir euren weisen Rat."

„Na gut", sagte der König, der sich gerne als weise bezeichnen ließ. „Sprecht!"

Die Prinzessin verzog das Gesicht und setzte sich wieder. Sie verschränkte die Arme vor dem Körper. Die Königin blieb vorsichtshalber hinter ihrem Stuhl stehen, damit sie dem Frosch nicht zu nahe kam.

Der Frosch selbst setzte sich direkt vor den König. Er verbeugte sich, so gut ein Frosch es eben vermochte.

„Werte Majestät", sagte er dann. „Ich bitte euch, mir zu meinem Recht zu verhelfen. Ich habe mit der Prinzessin einen Vertrag geschlossen und nun will sie ihn nicht einhalten."

Was hatte die Prinzessin wieder ausgefressen? Es wunderte den König nicht, dass sie hinter dieser Störung steckte.

„Ja?", sagte er knapp.

„Die Prinzessin hat heute ihre goldene Kugel im Brunnen im Wald verloren."

„Was?", sagte die Königin. „Die goldene Kugel von meiner Mutter? Stimmt das? Dir kann man nichts anvertrauen. Du solltest dich schämen."

„Erregt euch nicht, Frau Königin", sagte der Frosch. „Ich habe die Kugel wieder herausgeholt."

„Sehr schön", sagte der König. „Wir sind dir dankbar und so weiter, aber warum bist du hier und erzählst uns das?"

„Die Prinzessin hat mir als Belohnung versprochen, dass ich von ihrem Teller essen dürfte."

„Stimmt das?", fragte der König.

Die Prinzessin verzog mürrisch das Gesicht und nickte.

Der König seufzte. Warum hatte seine Tochter sich auf bloß auf so einen Handel eingelassen? Als Prinzessin hatte sie das nicht nötig. Jeder Bewohner des Landes, Amphibien eingeschlossen, sollte ohne jede Bezahlung der Prinzessin einen Dienst erweisen. Hier zeigte sich wieder, dass die Prinzessin für ihre königliche Berufung nicht geeignet war. Die Leute respektierten sie nicht. Was sollte aus diesem ungeratenen Gör nur werden? Doch sie würde sehen, was sie davon hatte, sich auf einen Handel mit einem Frosch einzulassen.

„Tochter", sagte der König streng, „wenn du ein Versprechen gegeben hast, dann musst du es halten. Legt dem Frosch und der Prinzessin noch einmal von dem Kapaun vor. Und du, liebe Prinzessin, wirst von diesem Teller zusammen mit dem Frosch essen."

Der Frosch ließ es sich schmecken und die Prinzessin steckte unter dem strafenden Blick des Königs ihre Gabel ein paar Mal in das Fleisch und hob sie zum Mund, ohne zu schlucken. Es schüttelte sie bereits, wenn die Gabel ihre Lippen berührte. Der Frosch war schleimig, seine Augen quollen weit hervor und er trug ein gemeines Grinsen im Gesicht.

Schließlich rülpste der Frosch und leckte sich das Maul.

„Vielen Dank für das königliche Mahl", sagte er und verbeugte sich in Richtung der Prinzessin.

Die warf ihm einen wütenden Blick zu, sagte aber nichts, denn der Vater ließ sie nicht aus den Augen.

„Du darfst dich jetzt in deine Gemächer zurückziehen", sagte er nun.

Die Prinzessin stand wortlos auf und verließ den Saal. Der Frosch hüpfte hinterher.

Die Königin befahl einem Lakaien, den Teller, von dem der Frosch gegessen hatte, in den Müll zu werfen.

Natürlich nahm der Lakai den Teller mit nach Hause, verkaufte ihn, quittierte anschließend den Dienst und eröffnete kurze Zeit danach ein Gasthaus, das er „Zum goldenen Teller" nannte. Aber das ist eine andere Geschichte.

Kaum hatte der Lakai den Teller fortgetragen, kam der Frosch schon wieder in den Saal gesprungen.

„Herr König", quakte er.

„Was gibt es noch?", fragte der König, der langsam Bauchweh von den Bratkartoffeln bekam und schlechte Laune hatte.

„Die Prinzessin ..."

„Was hat sie jetzt getan? Immer Ärger mit dieser ..."

Im letzten Moment konnte der König einen Ausspruch verschlucken, den der Hofstaat gerne gehört und weitergetragen hätte.

„Die Prinzessin lässt mich nicht in ihr Zimmer!", sagte der Frosch.

„Warum sollte sie?", fragte der König. „Das wäre ja noch schöner. Kein Viehzeug im Schlafzimmer!"

„Sie hat es mir aber zugesagt. Und ihr sagtet, ihr Versprechen müsse sie halten!"

„Hat sie tatsächlich?"

„Ja, ich dürfte von ihrem Teller essen und in ihrem Bett schlafen, das hat sie mir versprochen."

„In ihrem Bett schlafen", sagte die Königin. Sie wurde blass und sank auf ihren Thron. Eine Hofdame hielt ihr das Riechsalz unter die Nase, aber die Königin winkte ab. „Das ist zu viel für mein schwaches Herz. Meine Tochter teilt das Bett mit einem Frosch."

„Soll sie ausbaden, was sie sich eingebrockt hat", sagte der König. „Es ist sowieso schwer, einen Mann für sie zu finden, da macht eine Nacht mit einem Frosch auch keinen großen Unterschied mehr."

Der Hofstaat tuschelte. Die Königin schluchzte. „Ruhe", schrie der König. „Wache, ihr bringt jetzt den Frosch auf das Zimmer der Prinzessin. Und keiner in diesem Raum wird darüber jemals ein Wort verlieren, sonst kann er sich einen anderen Hof suchen, an dem er durchgefüttert wird. Ihr seid sowieso alle nutzlose Schmarotzer." Er stampfte mit dem Fuß, hielt sich den Bauch und ließ seinen finsteren Blick über die versammelten Edelleute wandern.

Die Wache schloss die Tür hinter dem Frosch. Der saß auf dem edlen Teppich im Gemach der Prinzessin und schaute sie herausfordernd an.

„Du bist ein widerlicher, aufdringlicher ... Frosch", sagte die Prinzessin.

„Ihr habt es mir versprochen", sagte der Frosch.

„Du hast mich erpresst. Deswegen gilt mein Versprechen nicht."

„Der König ist anderer Meinung."

„Wenn du meinst, dass ich dich in mein Bett lasse, dann hast du dich geschnitten", sagte die Prinzessin. „Der König kann mich zwingen, dich in meinem Zimmer zu dulden, aber wer in meinem Bett schläft, bestimme ich."

„Es wird nie jemand drin schlafen außer euch und mir", sagte der Frosch. „Oder glaubt ihr, es wird jemals einen Prinzen geben, der euch heiraten will?"

„Du unverschämtes Tier, du hast doch keine Ahnung."

„Ich beobachte, was geschieht."

„Klappe."

„Ich stelle fest, dass ihr eine widerborstige, freche, laute, herrschsüchtige, penetrante, streitlustige Prinzessin seid, die nie einer ...."

Die Prinzessin packte den Frosch und klatschte ihn gegen den Spiegel.

„... dieser jämmerlichen Prinzen lieben wird, die hier aufkreuzen", fuhr die Stimme fort.

Doch statt des Frosches lag auf dem Teppich jetzt ein nackter junger Mann. Er hielt sich rasch die Hände vor das Geschlecht.

„Verzeihung", sagte er. Er griff nach dem Vorhang und riss ihn mit einem Ruck herunter, so dass er sich darin einwickeln konnte. „So ist es besser."

Die Prinzessin starrte den Mann mit offenem Mund an. Er hatte etwas hervorstehende Augen, aber sonst war nichts Froschhaftes an ihm.

„Was ...?", sagte sie.

„Oh, ich muss mich erst vorstellen: Ich bin Prinz Frederic von Teichland."

„Angenehm", sagte die Prinzessin und machte automatisch einen Knicks, wie man es sie gelehrt hatte.

„Ich war in einen Frosch verwandelt worden."

„Ach nee", sagte die Prinzessin, „das hätte ich jetzt fast vermutet."

„Und ihr habt mich erlöst."

„Scheint so. Muss ich euch jetzt heiraten?", fragte die Prinzessin.

Die Laune des Prinzen schien sich plötzlich zu verdunkeln.

„Ich fürchte", sagte er und runzelte die Stirn.

„Könntet ihr nicht verschwinden und keiner erfährt je, was geschehen ist?", fragte die Prinzessin. „Ihr seid wieder ein Prinz und könnt in Ruhe nach Hause reisen. Ist gut gelaufen für euch. Ihr könnt mir dankbar sein. Und könnt jetzt gehen."

„Aber Prinzessin, euer Ruf ist ruiniert."

„Warum?"

„Alle wissen, dass ihr die Nacht mit mir verbringt."

„Ich habe nicht die Nacht mit euch verbracht, ich habe euch nicht einmal einen Kuss gegeben. Ich habe euch lediglich gegen den Spiegel geworfen, falls euch das entgangen ist."

„Und dafür bin ich euch sehr dankbar."

„Ich habe noch nie gehört, dass es einen zur Heirat verpflichtet, von einer Frau gegen einen Spiegel geworfen zu werden", sagte die Prinzessin.

„Aber ich bin in eurem Schlafzimmer und ich bin nackt", sagte der Prinz. „Zumindest unter dem Vorhang. Glaubt nicht, dass die Leute das einfach so akzeptieren werden."

„Ach, die Leute", sagte die Prinzessin, aber sie runzelte jetzt besorgt die Stirn. Wenn die Geschichte die Runde machte, dass sie sich mit jedem dahergelaufenen Froschmann einließ, könnte das Volk den König zwingen, sie zu verstoßen. Und dann würde ihr widerlicher Cousin Waldemar den Thron erben.

„Ihr habt mir das eingebrockt", sagte sie. „Was für eine Gemeinheit."

„Ich musste doch erlöst werden."

„Auf meine Kosten."

„Was soll's, Prinzessin, es geht wohl nicht anders. Heiratet mich und alles wird gut", sagte der Prinz.

„Aber nein, das kannst du nicht machen!", rief eine Stimme. „Das ist doch nicht dein Ernst, Fröschelein!"

Ein Mann saß auf dem Fensterbrett. Er war offensichtlich außen am Schloss hochgeklettert. Die Prinzessin wollte die Wachen rufen, aber angesichts der Situation hielt sie inne.

„Wer seid ihr?", sagte sie streng zu dem Eindringling.

Der jedoch hatte nur Augen für den ehemaligen Frosch.

„Liebes Fröschelein, es ist also wahr, der Zauber ist gebrochen", sagte der Mann. „Ich freue mich so. Aber sag, das mit dem Heiraten, willst du das wirklich tun?"

„Willi, mein Willi", schrie das Fröschelein und lief zu dem Eindringling hin, wobei es den Vorhang verlor. Es sprang dem anderen in die Arme. Die beiden umschlangen sich, die beiden küssten sich ...

„Halt!", schrie die Prinzessin.

Die beiden Männer schauten zu ihr.

„Was macht ihr da? Wer seid ihr? Was soll das alles?"

„Ach, Prinzessin, es tut mir leid", sagte Fröschelein. „Das ist mein Willi, der mir all die Jahre die Treue gehalten hat."

„Und es waren viele Jahre", sagte Willi. „Ich bin ein alter Mann geworden, während ich auf dich gewartet habe."

„Ich mag dich, wie du bist", sagte Fröschelein.

Sie wollten sich erneut küssen, aber die Prinzessin rief wieder Halt.

„Ich will die wiedergefundene Liebe nicht stören, aber was ist mit mir und mit meiner Ehre? Eben hast du mir die Ehe versprochen, Fröschelein!"

„Ihr wollt mich doch gar nicht wirklich heiraten, Prinzessin", sagte Fröschelein.

„Wickle dich bitte wieder in deinen Vorhang", sagte die Prinzessin. „Aber zum Thema: Natürlich habe ich mir vorgestellt, jemanden zu finden, den ich großartig finde, der zu mir passt, den ich mag, mit dem ich gerne zusammen regieren würde und so weiter, aber du scheinst ja nun meine einzige Option zu sein."

„Liebe Frau Prinzessin", sagte Willi, „es hat keinen Zweck. Fröschelein ist stockschwul, das wird nichts mit euch beiden."

„Und was machen wir jetzt?"

Die Hochzeit war ein Riesenerfolg. Der König war überglücklich, weil er am nächsten Tag an die Riviera reisen würde, die Königin war froh, weil der König froh war. Die Leute fragten sich zwar, wo dieser Prinz so plötzlich hergekommen war, aber er hatte einen Brief von seinen Eltern vorgelegt, die bestätigten, dass ihr Sohn ein echter Prinz sei und sie sich freuten, weil er eine Braut gefunden habe. Dennoch seien sie leider verhindert, der Eheschließung beizuwohnen.

Und das war eine gute Nachricht. Denn hätten sie den Diener Willi erkannt, hätten sie den Braten gerochen. Zum Glück wollten sie ihren verstoßenen Sohn nie mehr wiedersehen. Sie hatten ihn ja selbst vor vielen Jahren in einen Frosch verzaubern lassen und festgelegt, dass er nur gerettet werden solle, wenn ihn eine Prinzessin gegen einen Spiegel warf. Man stelle sich ihren Schreck vor, als selbst diese krude Bedingung offensichtlich erfüllt worden war. Wahrscheinlich würden sie den Rest ihres Lebens fürchten, dass ihr schwuler Sohn den Thronsaal betreten und sein Erbe einfordern würde. Dann könnten ihre schlimmsten Alpträume in Erfüllung gehen und ihr Königreich zum Regenbogenparadies verkommen. Um dies zu verhindern, würden sie garantiert nicht von sich aus den Kontakt zu Fröschelein suchen.

So saß der Diener Willi nach der Trauung auf dem Bock der Kutsche, die das Brautpaar zu kurzen Flitterwochen aufs Land entführen sollte. Er ließ die Peitsche knallen, bis sie den Wald erreichten, dann hielt er an und tauschte den Platz mit der Prinzessin. Diese hob die Trompete an die Lippen und spielte ein Freudenlied. Sie war frei. Niemand würde mehr kommentieren, mit wem sie sich einließ, denn sie galt als verheiratete Frau. Sie freute sich auf die Dinge, die da kommen würden.

Ein Knall aus dem Inneren der Kutsche ließ sie hochschrecken. Sie legte die Trompete weg und kletterte nach unten. Als sie den Schlag öffnete, knallte es erneut und ein Gegenstand sauste an ihrem Kopf vorbei. Sie duckte sich, es knallte ein weiteres Mal und wieder schoss etwas aus der Kutsche nach draußen. Die beiden Männer lachten.

„Sehr witzig", sagte die Prinzessin. „Wollt ihr mich nach der Hochzeit gleich umbringen?"

„Entschuldigung", sagte Fröschelein. „Das waren nur die drei eisernen Bänder, die sich Willi hatte um den Brustkorb schmieden lassen, damit sein Herz nicht bricht. Jetzt sind sie vor Freude zersprungen."

„Ok", sagte die Prinzessin. Sie betrachtete das erste Band, das sich in die Wand der Kutschkabine gebohrt und die Polsterung zerfetzt hatte. „Habt ihr noch weitere Überraschungen auf Lager?"

„Nein, liebe Prinzessin, das war es", sagte Willi.

Und tatsächlich verlief die Ehe zu dritt ab diesem Moment harmonisch und reibungslos. Und wenn sie nicht gestorben sind, dann lieben sie sich noch heute.

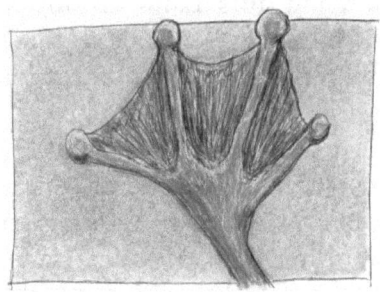

# Der süße Brei

Ein Kind spazierte durch den Wald und traf eine alte Frau. Die schaute das Kind freundlich an und fragte es, ob es Hunger habe.

„Und ob", sagte das Kind, denn das Frühstück war schon eine Weile her. Das Kind kam aus der Schule.

„Dann habe ich hier etwas für dich", sagte die wunderliche alte Frau und zog aus einer ihrer Plastiktüten einen kleinen Topf. Der Topf war angestoßen, aber er schien sauber zu sein. Das Kind wollte ihn nicht annehmen, denn die Frau schien nicht sehr viele Habseligkeiten zu besitzen. Doch sie bestand darauf, ein Geschenk sei ein Geschenk.

Und so nahm das Kind den kleinen Topf mit und lief nach Hause.

Es wusste, dass seine Mutter so einen Topf nicht haben wollte. Unhygienisch würde sie ihn nennen und überhaupt hatten sie einen Induktionsherd. Deswegen hatte die Mutter alles neu gekauft und die alten Töpfe für Geflüchtete gespendet.

Also nahm das Kind den Topf mit in sein Zimmer und stellte ihn ins Regal. Da das Kind nicht übermäßig ordentlich war, standen bald andere Dinge vor dem Topf. Jeden Tag brachte das Kind irgendetwas mit nach Hause und vieles davon landete in seinem Regal.

Die Mutter schaute das vollgepfropfte Regal missbilligend an, aber sie hatte genug damit zu tun, das Kind dazu zu bewegen, die Zähne zu putzen und eine Gasse freizuhalten, damit man zum Bett kommen konnte, ohne auf Legosteine oder Playmobilfiguren zu treten. Was im Regal war, lag wenigstens nicht auf dem Boden.

So geriet das Töpfchen in Vergessenheit und das Kind wurde älter. Es wuchs zu einem jungen Mädchen heran. Als sie Besuch von ihrem ersten Freund bekommen sollte, beschloss sie, das Regal auszuräumen. Sie wollte das verstaubte Töpfchen in den großen blauen Sack mit den übrigen Dingen werfen, die zugleich mit der Kindheit auf dem Müll landen sollten, doch dann zögerte sie.

Ihr fiel die Alte im Wäldchen ein. Ob die wohl noch lebte? Das Töpfchen erschien dem Mädchen auf einmal wie ein Vermächtnis. Das Mädchen fühlte sich nicht ernst genommen von der Mutter, nein, eigentlich von niemandem auf der ganzen Welt, abgesehen vielleicht von ihrem Freund. Und auch den kannte sie noch nicht gut, wer weiß, ob der sie wirklich leiden mochte.

Die Alte hingegen hatte ihr das Töpfchen gegeben. Sie war schrullig gewesen, wahrscheinlich hatte sie keine Wohnung gehabt, jedenfalls trug sie eine Menge Tüten und Taschen mit sich herum. Gestunken hatte die alte Frau nicht, daran hätte sich das Mädchen auf jeden Fall erinnert. Aber ihr Gesicht war runzelig gewesen und von der Sonne verbrannt. Alles in allem war die Alte nicht die Art von Mensch, die das Mädchen gerne kennenlernen wollte. Aber sie hatte ihr etwas geschenkt.

Das Töpfchen sah alt aus. Ob es aus Gusseisen war? Jedenfalls war es von einem tiefen, stumpfen Schwarz, das das Licht zu schlucken schien. Auf dem Deckel war eine Verzierung eingeprägt. Nein, es waren Buchstaben. „Koche, koche süßen Brei!" entzifferte das Mädchen. Sie wiederholte die Worte laut. Was für ein Kitsch. Das Töpfchen sollte doch in der blauen Tüte landen. Brei konnte sie nicht leiden. Da war ganz viel Gluten drin und das machte dick, da war sie sicher.

Autsch. Sie ließ das Töpfchen fallen. Es rollte durch das Zimmer und blieb auf der Seite liegen. Der Deckel kullerte weiter bis unter den Schrank. Eben war das Töpfchen noch schwarz gewesen, doch jetzt schimmerte es rot. Als ob es glühte. Es hatte sich auch heiß angefühlt, deswegen hatte sie es ja fallen lassen.

Vorsichtig ging sie ein paar Schritte auf das Töpfchen zu. Drin blubberte es. Und dann floss eine weißliche Masse auf den Teppich. Sie stellte das Töpfchen rasch aufrecht hin und verbrannte sich dabei die Finger. Sie fluchte. Das Töpfchen dampfte. Die pappige, helle Masse quoll weiter aus ihm heraus und fiel in dicken Placken auf den Teppich. Die Mutter würde sich schrecklich aufregen, wenn sie das saubermachen musste. Was sollte sie bloß tun? Sie konnte das heiße Töpfchen nicht mit bloßen Händen anfassen. Sie lief in die Küche und griff nach den Topflappen.

„Wozu brauchst du die denn?", fragte die Mutter, die gerade einen Salat fürs Abendbrot vorbereitete.

„Ich habe keine Zeit, es zu erklären, es ist wichtig", sagte das Mädchen.

„Halt, Madame! Das sind meine neuen Topflappen und ich will nicht, dass du die für irgendwelche Experimente in dein Zimmer verschleppst."

„Mama, jetzt nicht! Ich muss ganz dringend ..."

„Was ist los? Was hast du angestellt? Was riecht denn da so komisch?" Die Mutter schaute misstrauisch in Richtung Wohnungsflur. Das Mädchen griff nach den Topflappen und rannte zu ihrem Zimmer. Da sah sie, dass unter ihrer Tür schon der dicke Brei herausfloss.

„Was hast du gemacht?", schrie die Mutter.

„Nichts", sagte das Mädchen.

„Das sehe ich. Das wird Konsequenzen haben", sagte die Mutter. Sie ging beherzt auf die Kinderzimmertür zu und drückte sie auf. Die Tür schien Widerstand zu leisten, aber dann gab sie nach. Brei quoll durch den Spalt in den Wohnungsflur.

„Was zum Teufel ...", sagte die Mutter.

Sie standen bald knöcheltief im Brei. Der Brei war noch immer heiß. Er klebte an den Schuhen.

„Hilfe", schrie die Mutter, erst leise und dann lauter. Sie kämpfte sich zum Telefon durch und rief die Polizei. Nach dem Telefonat wateten sie schon kniehoch durch süßen Brei. Sie rannten aus der Wohnung auf die Straße.

Abends konnte man in den Nachrichten sehen, wie die ganze Stadt im Brei versank. „Der Gluten-Gau", titelte die Bildzeitung. „Werden wir alle im Brei ersticken?"

Die alte Frau sah die Schlagzeile erst einen Tag später, als sie eine alte Zeitung aus dem Müll fischte. Sie war ein paar Städte weitergezogen. Ihr war sofort klar, dass der Brei aus dem magischen Töpfchen stammen musste. Sie erinnerte sich, dass sie das Töpfchen in der Stadt, die jetzt unter dem Brei vergraben war, vor langer Zeit an irgendjemanden verschenkt hatte. Das hatte sie oft bereut. Nun war die Sache offensichtlich außer Kontrolle geraten. Wie das Leben so spielt. Sie überlegte, wie der Zauberspruch lautete, der das Töpfchen zum Einhalten brachte. Sagte man den richtigen Spruch, hörte es gleich auf, Brei zu kochen. Ein Reim fiel ihr ein, aber sie war sich nicht sicher, ob er der richtige war. Vielleicht würden ein paar Schlucke Schnaps ihrem Gedächtnis auf die Sprünge helfen. Sie öffnete die nächste Flasche und vergaß den Brei.

Erst in der nächsten Nacht, als sie vor Kälte nicht schlafen konnte, erinnerte sie sich wieder. Der Brei kam auf sie zu gekrochen und hüllte sie ein. Die Wärme ließ sie wohlig seufzen. Endlich fand sie in den Schlaf. Auf das gute alte Töpfchen war doch Verlass.

# Spiegelgefechte

„Spieglein, Spieglein an der Wand", sagte die Königin.

Nichts tat sich.

„Spieglein, Spieglein an der Wand", wiederholte die Königin.

„Hmm?"

„Was soll das für eine Antwort sein? Ich spreche dich an und du nuschelst mir etwas entgegen? Ich bin hier die Königin und du nur ein Spiegel!"

„Schon gut", sagte der Spiegel und gähnte. „Hier bin ich, Frau Königin. Was gibt es schon wieder?"

„Hallo?", sagte die Königin.

„Entschuldigt, Frau Königin, ich bin einfach noch erschöpft von unserem letzten Gespräch. Das ist gerade mal zwei Stunden her. Ein Spiegel braucht seinen Schlaf. Habe ich nicht eine gewerkschaftliche Ruhezeit von acht Stunden?"

„Schätzchen", sagte die Königin. Ihre Stimme war jetzt leise, aber alles andere als sanft. „Hältst du das für den richtigen Tonfall gegenüber deiner Herrin? Du bist hier, weil ich dich brauche, und tust gefälligst, was ich will. Und überhaupt, was soll das mit der Gewerkschaft? Eine Gewerkschaft für Spiegel? Davon habe ich noch nie gehört. Wie willst du deine Beiträge zahlen? Eine solche Gewerkschaft gibt es nicht. Und wenn es sie jemals gegeben hätte, dann würde sie jetzt nicht mehr existieren. Du weißt doch: Ich habe alle Gewerkschaften vor einem Jahr abgeschafft."

„Abgeschafft nicht, Frau Königin, nur verboten", sagte der Spiegel.

„Was ich verbiete, hat jede Daseinsberechtigung verloren. Oder willst du mir erzählen, es gäbe noch Gewerkschaften in diesem Land?"

„Frau Königin, ihr habt vollkommen recht. Es gibt keine Gewerkschaften hier, aber hinter den sieben Bergen, bei den sieben Zwergen ..."

„Hör auf mit diesem Unsinn", schrie die Königin. „Was soll hinter den sieben Bergen nicht alles sein, wenn es nach dir geht. Erst Schneewittchen und jetzt die Gewerkschaften? Wahrscheinlich gibt es da auch Demokratie und Pressefreiheit und kostenlos sauberes Wasser für alle Menschen?"

„Ihr wisst ja Bescheid, warum soll ich es euch erzählen."

„Ich weiß gar nichts. Halt, im Gegenteil: Ich weiß alles, was ich glauben will. Aber du, du lügst, Spieglein. Du bist mein Eigentum, mein persönlicher magischer Spiegel – und du hast die Stirn, mir die Unwahrheit zu erzählen?"

„Ich bin nur ein Spiegel, ich gebe wieder, was ich vorfinde. Daran habe ich keinen Anteil", sagte der Spiegel. Naja, dachte er, stimmt nicht so ganz, aber was geht sie das an. Natürlich suchte er aus, was er zeigte und in welchem Licht. Niemand ist objektiv.

„Du verzerrst die Tatsachen", sagte die Königin.

Der Spiegel erschrak. Hatte er laut gedacht? Schnell widersprach er: „Ihr macht euch euer eigenes Bild. Ich bin neutral."

„Wer soll das glauben, Lügenspiegel. Ich sollte dich in tausend Stücke zerschlagen."

„Ich kann euch nicht daran hindern", sagte der Spiegel.

Die Königin hatte die Faust geballt, aber sie schlug nicht zu.

„Was soll's", sagte sie dann und ließ die Hand sinken. „Du hast ja doch deine Vorzüge. Sage mir, wer ist die Schönste im ganzen Land?"

„Frau Königin, ihr seid die Schönste – hier."

„Hier? Was soll dieses Hier heißen?", sagte die Königin.

„Hier bedeutet schlicht hier. Das habe ich so dahergesagt", sagte der Spiegel.

„Von wegen. Du bist und bleibst ein Lügenspiegel. Ich werde ein Gesetz erlassen, das dich verpflichtet, die Welt so zu zeigen, wie es mir gefällt. Ohne perfide Kommentare. Dann ist es aus mit dem Lügen. Verhalte dich wie ein Spiegel und behalte deine Meinung für dich."

„Ihr seid schön wie eh und je, Frau Königin. Betrachtet euch selbst." Der Spiegel verzichtete auf jede Bearbeitung des Bildes. Kein Weichzeichner und keine Glättung mehr. Sie hatte es sich so gewünscht.

„Was soll das", sagte die Königin. „Diese Falten an meinen Mundwinkeln, die hatte ich gestern noch nicht. Warst du das? Was für eine perfide Insubordination."

„Ich bin nur ein einfacher Spiegel."

„Papperlapapp. Du kannst, wenn du willst. Ich sage dir, was ich in dir sehen will. Ich bin die Königin, ich bin die Schönste und ich befehle dir, diese Wahrheit zu zeigen."

Das Spiegelbild blieb, wie es war.

„Spieglein an der Wand, ich warne dich!", sagte die Königin.

Die Falten des Spiegelbilds schienen tiefer zu werden.

„Es ist mein Ernst", sagte die Königin. „Zeig mich so, wie ich bin, oder ich lasse dich abhängen."

„Ich bin ein Spiegel", sagte das Spieglein. „Wie oft soll ich das noch wiederholen? Es ist meine Aufgabe, die Wahrheit zu zeigen. Etwas anderes kann ich nicht."

„Jedenfalls soweit es meine Wahrheit betrifft", fügte das Spieglein leise hinzu.

Die Königin hatte es dennoch gehört. Eine Tyrannin brauchte gute Ohren im Kampf gegen Intrigen und Widerspenstigkeit.

„Eine letzte Chance, Spieglein", sagte sie. „Du zeigst mir jetzt die Schönste im Land, aber dalli, oder ich lasse dich einkerkern."

Das Spiegelbild flackerte und erlosch, dann erschien stattdessen eine junge Frau mit wildem Blick und langer schwarzer Mähne, die offensichtlich mit einer Gruppe kleinwüchsiger Männer Poker spielte.

„Schneewittchen", zischte die Königin. „Du wagst es, mir diese Kreatur zu zeigen? Du bist mein Spiegel."

Schneewittchen schaute auf und warf der Königin einen Kussmund zu.

Diese holte mit dem Bein aus und trat den Spiegel höchst unmajestätisch um. Er fiel auf den Mosaikboden des Thronsaals. Es gab ein böses Geräusch. Der Spiegel glaubte, sein letztes Stündlein wäre gekommen. Doch als er die Augen wieder öffnete, stellte er fest, dass er nur einen Riss an der oberen linken Ecke hatte. Sonst sah er klar, wenn auch im Liegen. Er hatte vor Schreck die Übertragung von hinter den sieben Bergen unterbrochen, jetzt war die Leitung weg. Er zeigte rasch ein Standbild der Königin beim Tritt gegen den Spiegel.

„Hast du noch nicht genug?", rief sie und hob den Fuß, um den Spiegel mit ihrem Absatz zu zertreten. Doch sie fasste sich. Grußlos wandte sie den Blick ab, verkündete „Die Audienz ist hiermit beendet", winkte ihren Diener herbei und ließ den Spiegel bis auf Weiteres in einen Kerker bringen.

Der Spiegel hatte dieses Spiel langsam satt. Bald würde sie ihn wieder holen lassen, wahrscheinlich schon in ein paar Stunden. Sollte sie doch einfach nicht in ihn hineinblicken, wenn ihr nicht passte, was sie sah. Aber damit war sie nicht zufrieden. Sie wollte sich unbedingt in ihm spiegeln. „Sag mir, dass ich die Schönste bin", forderte sie. „Lügenspiegel, Lügenspiegel", schrie sie ihn an, wenn er nicht lieferte, was sie wünschte.

Wozu schaute sie in einen Spiegel, um dann zu toben, weil ihr das Spiegelbild nicht gefiel? Das war beinahe so, als würde sie ein Interview geben und später, wenn in der Zeitung stand oder gesendet wurde, was sie gesagt hatte, behaupten, es wäre alles nicht so gemeint gewesen. Welchen Sinn sollte das ergeben?

„Ich entscheide, was die Wahrheit ist", sagte sie. Aber die Welt im Spiegel funktionierte nicht nach ihren Regeln. Und wenn es das Letzte war, was sie nicht kontrollieren konnte. Der Spiegel würde sich nicht beugen, bis zum letzten Splitter. Das war sein Spiel.

# Die Dornenhecke

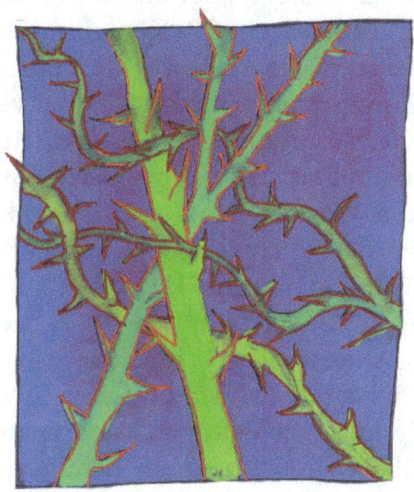

Es war einmal ein Königspaar, das wünschte sich ein Kind, aber viele Jahre lang wurde die Königin nicht schwanger.

Die Königinmutter gab gute Ratschläge und kochte bittere Kräutertees, der Hofarzt schüttelte ernst den Kopf und empfahl dem König, nicht mehr so oft auszureiten und den Sattel besser polstern zu lassen. Die Königin selbst solle sich schonen und ihren Mann nicht mit ihren Sorgen belasten. Und so weinte sie nur einmal im Monat heimlich in ihrem Gemach, wenn ihre Blutung einsetzte. Ihrem Mann zeigte sie stets ein fröhliches Gesicht, so dass der Hofstaat bald tuschelte, sie wolle am Ende gar kein Kind bekommen.

Am Rande des Königreichs in einem tiefen Wald lebten dreizehn weise Frauen. Selten bekam sie jemand zu Gesicht, aber sie sollten über starke Zauberkräfte verfügten. Die Königinmutter lud die weisen Frauen an den Hof ein, damit sie versuchten, dem Königspaar zu einem Kind zu verhelfen.

Es war eine wunderliche Gesellschaft, die sich im Schloss einfand. Jede der weisen Frauen hatte eine andere Gestalt, eine war sehr klein und schmächtig wie ein Kind, die zweite groß und lang wie ein Baum, die dritte kugelrund, so dass sie kaum durch die Tür zum Thronsaal passte. Eine hatte langes, knotiges Haar, das sie wie eine Schleppe hinter sich herzog, eine andere war glatzköpfig und eine dritte war am ganzen Körper mit Fell überzogen. Eine trug Schuppen auf der Haut und Schwimmhäute zwischen den Fingern, die nächste lief auf zwei Hufen und hatte ein Geweih und einer dritten ragte ein Schnabel aus dem Gesicht. Eine war von Efeu überwachsen, eine hatte eine Haut wie von Eichenrinde und eine dritte Hände und Füße wie Wurzelstöcke. Die dreizehnte weise Frau war wunderschön, doch in ihren Augen flackerte Feuer, ihr Haar loderte wie Flammen und wenn sie sprach, dann traten Rauchwolken aus ihrem Mund aus.

Die Königin schaute die weisen Frauen an, fürchtete sich und sagte kein Wort. Der König war auf der Jagd und ließ sich entschuldigen. Die Königinmutter servierte Tee und Gebäck und bemühte sich, ein Gespräch in Gang zu bringen.

Schließlich bedankten sich die weisen Frauen für die Einladung und erhoben sich wieder. Die Königin war erleichtert und hoffte, sie würden nun gehen. Doch die Königinmutter sagte: „Ihr weisen Frauen, bitte haltet inne. Könnt ihr der Königin helfen, ein Kind zu empfangen? Wisst ihr Rat?"

Die weisen Frauen berieten sich, dann sagte die dreizehnte weise Frau zu der Königin: „Gräme dich nicht länger. In weniger als einem Jahr wirst du eine Tochter haben. Aber vergiss nicht, uns zur Taufe einzuladen, damit wir der Tochter unseren Segen geben können." Sie küsste die Königin auf die Wange. Ihre Lippen brannten wie glühende Kohlen und hinterließen ein rotes Mal.

„Das Mal wird verschwinden, sobald deine Tochter geboren ist", sagte die Frau mit den Feueraugen.

So geschah es. Neun Monate später schenkte die Königin einer Prinzessin das Leben, die sie Dornröschen nannte. Und mit der Geburt war ihr Gesicht wieder makellos.

Bald sollte die Taufe sein. Die Königin lud die weisen Frauen nicht ein. Eine Taufe war ein christliches Fest, da hatten Wesen aus der Zwischenwelt keinen Platz. Zu unheimlich waren ihr diese Gestalten. Und vor der dreizehnten weisen Frau hatte sie die meiste Angst. Die ganze Schwangerschaft lang hatten sie die Feueraugen im Traum verfolgt.

Als die Feiergesellschaft beim Festmahl saß, wurde die Tür aufgestoßen. Die weisen Frauen betraten den Thronsaal.

„Warum hast du uns nicht eingeladen?", rief die dreizehnte und schaute die Königin mit ihren Flammenaugen an. Die bekam wieder kein Wort heraus.

„Nun gut", sagte die Feuerfrau. „Dein Kind soll trotzdem meinen Segen bekommen."

Sie trat an die Wiege. Dornröschen begann zu weinen. „An deinem fünfzehnten Geburtstag sollst du dich an einer Spindel stechen und sterben", sagte die dreizehnte Weise. Dichter grauer Rauch floss aus ihrem Mund in die Wiege hinunter. Dann drehte sich die Feuerfrau um und verließ das Schloss.

Dornröschen brüllte, die Königin riss sie aus der Wiege und hielt sie fest umklammert. Sie weinte und auch ihrer Tochter flossen Tränen über das Gesicht. Die zwölf anderen weisen Frauen stellten sich im Kreis um Mutter und Kind. „Du hast das Unglück selbst heraufbeschworen", sagten sie. „Doch du tust uns leid. Wir können den Fluch nicht aufheben, aber wir können den Tod in einen hundertjährigen Schlaf verwandeln." Jede von ihnen berührte das Kind, das sich beruhigte und einschlief.

Dornröschen wuchs zu einem vergnügten Kind heran. Sie ging mit ihrem Vater auf die Jagd und sammelte mit ihrer Großmutter wilde Kräuter im

Wald. Mit ihrer Mutter stickte und nähte sie seidene Tücher, doch niemals durfte sie sich einer Spindel nähern. An ihrem fünfzehnten Geburtstag wurde sie in einem Zimmer im Burgfried eingesperrt, um sie zu schützen. Niemand durfte ihr Gesellschaft leisten, denn die Feuerfrau würde jede schwache Seele für ihre Zwecke nutzen.

Dornröschen langweilte sich schrecklich. Sonst war sie den ganzen Tag von Gespielinnen umgeben, jetzt saß sie alleine in einem kleinen Gemach hoch im Turm. Kurz vor Mitternacht konnte sie die Ödnis nicht mehr ertragen. Es war ihr verboten, das Fenster zu öffnen, aber nun stieß sie die Fensterläden weit auf und lehnte sich hinaus. Dichter Nebel lag um den Turm. Dornröschen streckte den Arm hinaus und konnte ihn nur noch bis zum Ellenbogen sehen. Ihre Hand war verschwunden. Da spürte sie einen Stich am Mittelfinger, hörte ein Lachen und sank ohnmächtig zu Boden.

Nach Mitternacht fanden die Hofdamen Dornröschen im Turmzimmer. Sie legten sie auf das Bett und hielten ihr Riechsalz unter die Nase. Doch sie blieb bewusstlos und auch der Hofarzt konnte sie nicht wecken.

Die Königin schickte wieder nach den zwölf weisen Frauen. Die kamen sogleich, konnten aber nichts ausrichten. „Hundert Jahre wird ihr Schlaf dauern, so will es der Fluch", sagten sie. „Aber wir können dafür sorgen, dass ihr nichts geschieht, während sie schläft."

Sie umringten den Turm, fassten sich an den Händen und verwandelten sich in eine undurchdringliche Dornenhecke. Wilde Vögel nisteten sich in der Hecke ein, Efeu rankte daran empor, Dachse, Füchse und ein Luchs strichen nachts umher. Am Fuße der Hecke lag ein Burggraben wie ein dunkelgrüner Ring um den Turm. Das Wasser war tief und schluckte das Licht. Man munkelte, es würde ein Ungeheuer verbergen.

Dornröschens Eltern regierten, bis sie starben und ein Regent das Königreich übernahm. Dann brach ein Krieg aus und eine fremde Armee überrannte das Land. Das Schloss wurde niedergebrannt, wer vom Hofstaat überlebte, floh in die Ferne. Niemand blieb zurück, der noch wusste, was es mit der Dornenhecke auf sich hatte. Und so kam es, dass Dornröschen, als sich die hundert Jahre rundeten, alleine und vergessen in der Wildnis verborgen lag.

Am Abend vor Dornröschens 115tem Geburtstag kam ein Wandergeselle vorbei. Er war schon eine Weile im Wald unterwegs und suchte verzweifelt eine Unterkunft für die Nacht. Es wurde immer düsterer, der Wald schien nicht enden zu wollen und er hatte schon seit Tagesanbruch niemanden mehr getroffen. Schließlich stand er vor einer hohen, dichten Dornenhecke. Sie ragte in der Dunkelheit schwarz und bedrohlich vor ihm auf. Er hörte die Schreie fremdartiger Tiere. Im Wassergraben vor der Hecke schien etwas auf ihn zu lauern und wohin er auch blickte, saßen Krähen in den Bäumen und starrten ihn an.

„Was ist das nur für ein verwunschener Ort", sagte der Geselle. „Ich wünschte, ich könnte die Nacht woanders verbringen." Aber da Neumond war, fand er seinen Weg nicht mehr. Es blieb ihm nichts übrig, als ein Feuer zu entfachen, sich in seine Decke zu wickeln und das Beste zu hoffen. Bald war es kurz vor Mitternacht und er fand immer noch keinen Schlaf. Zu unheimlich waren die Hecke und der Graben.

Dann musste ihn doch der Schlaf übermannt haben. Ein wilder Traum erfasste ihn. Die Hecke fiel zu Boden und verging, der Wassergraben füllte sich mit Erde und wurde von Gras überwachsen. Die wilden Tiere verstummten und die Vögel verwandelten sich in Nachtigallen, die in den Bäumen saßen und sangen. Statt eines Dschungels mit Dornen und Ranken stand nun vor dem Gesellen ein hübscher Turm. Die Tür stand einladend offen und drinnen war Licht. Weil es ja nur ein Traum war und ihm nichts geschehen konnte, stand der Geselle auf und trat über die Schwelle. Im Turm sah es aus wie in einem Schloss. Auf dem Tisch in der Küche warteten leckere Speisen auf Tellern aus Gold und Silber. Ein Feuer brannte in der Herdstelle. Kein Mensch war zu sehen. Der Geselle füllte seinen hungrigen Magen mit Braten und Gemüse, Kuchen und Bier. Dann schaute er sich weiter um. Eine Treppe führte ins Obergeschoss. Prächtige Wandteppiche zierten das Treppenhaus. Er stieg hinauf und fand eine Tür, auf die ein Rosenbusch gezeichnet war. Die Tür war nicht verschlossen. Dahinter fand sich ein kleines Zimmer, darin stand ein Bett mit seidenen Vorhängen. Im Bett saß ein junges Mädchen. Sie gähnte und streckte sich, als wäre sie gerade erwacht.

„Wie spät ist es?", fragte sie den Gesellen.

„Nach Mitternacht."

„Dann ist der Fluch vorbei und nichts ist geschehen. Hab ich's doch gesagt", sagte Dornröschen und lachte. „Aber wer bist du und wo sind sie die anderen?"

„Wer?", fragte der Geselle.

„Na, wer denn wohl", sagte Dornröschen.

„Hier ist niemand außer mir."

„Wie mutig von einem einfachen Burschen wie dir, mich zu veräppeln. Treib es nicht zu weit. Du weißt ja, wen du vor dir hast!"

„Nein, wen denn wohl?"

„Du bist ein bisschen dumm, oder? Ruf jetzt meine Zofe, ich will mich anziehen und frühstücken. Ich habe einen Bärenhunger, als hätte ich jahrelang geschlafen."

„Da ist keine Zofe."

„Papperlapapp, langsam verliere ich die Geduld mit dir." Dornröschen sprang aus dem Bett, lief aus dem Zimmer und die Treppe hinab. Der Geselle kam hinterher. Dornröschen stand in der Tür und blickte nach draußen.

„Wo ist das Schloss?"

„Hier war gestern nur eine dichte Hecke und ein Graben. Die sind spurlos verschwunden" sagte der Geselle.

„Ach ja?" Dornröschen schnaubte. „Das kann doch nicht sein. Ich scheine zu träumen. Außer ..." Sie wurde bleich. „Schnell, Bursche: Welches Jahr schreiben wir?"

„1663", antwortete der Geselle.

Dornröschen verdrehte die Augen und fiel in Ohnmacht. Der Geselle fächelte ihr Luft zu, dann kniff er sie in die Wange und schließlich presste er seinen Mund auf ihren, um sie zu beatmen. Im nächsten Moment brannte seine Wange.

„Unverschämtheit", sagte Dornröschen.

Ihr Blick fiel wieder auf die Wildnis vor der Tür und sie fing an zu weinen. Sie weinte lange, nicht gerade hundert Jahre, aber doch hundert Minuten lang. Dann schnäuzte sie sich ins Tischtuch, richtete sich auf und schaute den Gesellen an.

„Du bist also, nehme ich an, der Prinz, der mich gerettet hat?"

„Nun ja, nicht unbedingt ...", setzte der Geselle an.

„Ich sehe schon, nur ein Bettelprinz. Doch erzähle mir das alles später. Ich muss endlich etwas zwischen die Zähne bekommen." Sie häufte Essen auf einen goldenen Teller und schlang es herunter. Nicht gerade prinzessinnenhaft, dachte der Geselle, der immer noch nicht verstand, dass die Prinzessin hundert Jahre nichts in den Magen bekommen hatte.

Mit vollem Mund sagte Dornröschen: „Ich bin übrigens Dornröschen."

„Angenehm, Waldemar", sagte der Geselle.

„Dornröschen und Waldemar", sagte Dornröschen versonnen. „Das klingt gar nicht so schlecht. Wir werden uns schon verstehen, wenn wir erst verheiratet sind. Wo ist dein Königreich? Und wo hast du dein Pferd gelassen?"

„Liebes Dornröschen", sagte der Wandergeselle, „wir müssen reden."

# Hansel und Gretchen

Es waren einmal zwei Geschwister, die lebten bei ihren Eltern in einem schlichten Einfamilienhaus am Waldrand. Die Eltern waren nicht reich, aber auch nicht arm. Der Vater bezog eine Rente und hatte davor lange Jahre als Sachbearbeiter bei der Stadtsparkasse gearbeitet. Die Mutter verdingte sich als Altenpflegerin bei einem mobilen Pflegedienst.

Hansel und Gretchen fühlten sich wohl bei ihren Eltern. Beide hatten das Abitur mit mittelmäßigem Erfolg abgeschlossen. Hansel hatte einen Bachelor in Betriebswirtschaft und überlegte nun seit drei Jahren, ob er einen Master anstreben oder sich doch lieber gleich einen Job suchen sollte. Beides schien ihm nicht so einfach. Und es war wichtig, keine falsche Entscheidung zu treffen. Also grübelte Hansel tagein tagaus über seine Zukunft, jobbte ab und zu als DJ oder als Aushilfe bei einem Computerhändler, bewarb sich hin und wieder, fand aber nichts, das ihm zusagte.

Gretchen studierte seit Längerem Kulturwissenschaften, aber sie litt unter Prüfungsangst und konnte deswegen kaum Scheine erwerben. Sie hatte einige Praktika absolviert, zumeist durch Vermittlung ihres Vaters, der über die Stadtsparkasse einige Leute mit Einfluss kannte, oder durch die Unterstützung eines verheirateten Professors, der Gretchen als angenehme Begleitung empfand.

Kurz, beide Kinder waren Mitte zwanzig und machten keinerlei Anstalten, bald auf eigenen Füßen zu stehen. Sie hatten nicht einmal eine feste Beziehung, wenn man Gretchens Professor nicht rechnete. Im Großen und Ganzen verstanden sie sich gut mit ihren Eltern, ihre Zimmer waren mit allen Annehmlichkeiten ausgestattet, das WLAN im Haus auf dem neuesten Stand und ihre Mutter kochte gut. Selbst die Wäsche ihrer Kinder wusch sie, es kostete diese nur ab und zu ein paar Vorwürfe, die die beiden routiniert an sich vorbeilaufen ließen. Aus Sicht der Kinder war die Welt in Ordnung.

Die Eltern allerdings waren nicht so zufrieden. Eines Abends sagte der Vater:

„Liebe Frau, du weißt, ich liebe unsere beiden Kinder, aber so kann es nicht weitergehen."

Die Frau seufzte. „Aber es sind doch unsere Kinder, wir können sie nicht vor die Tür setzen."

„Warum nicht?", fragte der Vater. „Wir haben alles versucht. Wir haben klärende Gespräche geführt, wir haben mit ihnen Wohnungen besichtigt, wir haben versucht, sie zu mehr Hausarbeiten anzuhalten ..."

„Da musst du dich allerdings an die eigene Nase fassen", unterbrach die Frau. „Du bist den ganzen Tag zu Hause und packst nicht mit an. Und nicht einmal den Garten, der doch deine Domäne wäre ..."

„Halt, liebe Frau", sagte der Vater, „lass uns das ein andermal diskutieren. Jetzt geht es um die Zukunft unserer Kinder. Wie sollen sie jemals selbstständig werden, jemanden finden, der mit ihnen leben will, und uns vielleicht ein paar Enkelkinder schenken, wenn sie sich nicht aus dem Nest bewegen?"

„Das Problem liegt auf der Hand", sagte die Frau. „Sie leben hier wie im Hotel und sehen keinen Grund, sich auf eigene Beine zu stellen. Zu lästig und unbequem wäre das."

„Hotel Mama", sagte der Mann. „Du verwöhnst sie zu sehr."

„Mag sein, aber du erwartest von mir ja auch eine Rundumversorgung, obwohl du nicht mehr zur Arbeit gehst und ich ..."

„Liebe Frau, du schweifst wieder vom Thema ab. Lass uns konstruktiv bleiben", sagte der Mann. „Wir müssen die Probleme sauber trennen, sonst können wir sie nicht lösen."

„Hmm", sagte die Frau.

„Ich verspreche dir: Wenn wir beide zusammenhalten und unsere Kinder ins Leben schicken, dann werden wir auch all die anderen kleinen Befindlichkeitsprobleme beheben können. Eines nach dem anderen."

„Ok", sagte die Frau wenig überzeugt. „Was schlägst du vor?"

„Pass auf ..." sagte der Mann.

Die Kinder freuten sich sehr, dass ihre Eltern ihnen Karten für das Open-Air-Festival in Dänemark schenkten. Bislang hatten diese das stets abgelehnt – zu viele Drogen, zu wenige Toiletten, zu schwierig zu erreichen. Doch nun boten die Eltern sogar an, die Kinder mit dem Wagen zum Festival zu fahren. Sie selbst würden die Tage in einem Ferienhaus an der See verbringen, so wäre es für die ganze Familie eine tolle Unternehmung.

Und tatsächlich quälte sich das elterliche Auto durch den Stau der anreisenden Festivalteilnehmer bis zum Eingang. Der Vater half den Kindern beim Ausladen des Gepäcks, er hatte sogar ein neues Zelt gekauft und mit Hansel geduldig das Aufstellen geübt, bis dieser es in wenigen Minuten bewältigte. Die Mutter überreichte Gretchen eine große Kühlbox mit Proviant. Mutter und Vater verabschiedeten sich unter Tränen, was den Kindern peinlich war. Endlich wendete der Vater mit großer Mühe den Wagen auf dem schlammigen Feldweg und arbeitete sich an der entgegenkommenden Wagenkolonne entlang in die Ferne. Die Kinder atmeten aus, beluden sich mit dem Gepäck und durften endlich Festivalfreuden erleben.

Drei Tage feierten sie in Schlamm, Lärm und Müll, dann standen sie erschöpft, aber glücklich wieder am Eingang. Sie hatten befürchtet, dass die Eltern dort warteten. Wie unangenehm es wäre, die beiden lieben, aber beschränkten und spießigen, unansehnlichen älteren Leute vor den neuen Freunden zu begrüßen. Wahrscheinlich würde die Mutter heulen und der Vater einen dieser Hüte tragen.

Doch die Sorge war unbegründet. Kein elterliches Auto war in Sicht. Die anfängliche Erleichterung wich leichter Panik, als die letzten Autos das Festivalgelände verließen und Hansel und Gretchen inmitten ihres Gepäckhaufens zurückblieben. Nur noch die Organisatoren und die Putzkolonne waren vor Ort. Natürlich hatten einige Leute angeboten, Hansel und Gretchen mitzunehmen, aber sie warteten auf ihre Eltern. So war es abgemacht. Außerdem waren sie noch nie bei fremden Leuten mitgefahren, immer hatten ihre Eltern sie mitgenommen oder einen Transfer für sie organisiert. Trampen war ihnen strengstens verboten. Sie hatten nie Interesse verspürt, an einem staubigen Straßenrand zu stehen, womöglich im Regen, und schmierigen Autofahrern den Daumen entgegenzuhalten. Das hatten sie nie nötig gehabt.

Bis jetzt. Nun schien ihnen nichts anderes übrig zu bleiben. Natürlich hatten sie versucht, die Eltern per Handy zu erreichen, aber ihre Akkus pfiffen auf dem letzten Loch und die Eltern schienen mal wieder einen falschen Knopf gedrückt zu haben und waren nicht erreichbar. Dass die nicht die einfachsten Funktionen ihrer Handys beherrschten. Es war zum Verzweifeln.

Hansel und Gretchen zögerten, doch in einen der letzten Wagen, die das Festivalgelände verließen, einen Pickup aus der Umgebung, stiegen sie schließlich ein.

Der Fahrer hatte schon einige Bier intus und wollte reden.

„Habt ihr eure Mitfahrgelegenheit verpasst?", fragte er.

„Es ist offensichtlich etwas schiefgelaufen", sagte Gretchen.

„So kann man es auch ausdrücken", sagte der Fahrer und lachte. „Zu viel gekifft?"

„Wir waren rechtzeitig zur Stelle", sagte Hansel eisig.

„Tja, dann habt ihr die falschen Freunde."

„Hmm", sagte Gretchen. Hansel schaute schweigend aus dem verschmierten Autofenster.

„Ihr seid aber schweigsam. Streit gehabt? Tja, so ein Festival kann für Pärchen eine echte Herausforderung sein. Die freie Liebe, der Alkohol."

„Wir sind kein Paar", sagte Gretchen.

„Ach so? Ihr seht aber sehr vertraut aus. Beide so lange Gesichter."

Der Wagen schlingerte durch die Pfützen. Hinten auf der Ladefläche klirrte es, als ob sich dort lauter leere Flaschen befänden. Gretchen hoffte, dass sie nicht alle der Fahrer selbst geleert hatte.

„Wir sind Geschwister", sagte Hansel.

„Das ist ja süß: Brüderchen und Schwesterchen. Andererseits, wenn das nicht deine Freundin ist, dann könnte ich bei deiner Schwester ja vielleicht landen. Sie ist nicht die Schlechteste. Auf der Skala von eins bis zehn ist sie eine glatte ..."

„Könnten Sie uns bitte rauslassen?", fragte Gretchen.

„Oh, so empfindlich, meine Süße?"

„Lassen Sie uns bitte aus dem Wagen?", wiederholte Gretchen.

„Ok", sagte der Fahrer, bremste, beugte sich über Gretchens Schoß zur Beifahrertür und ließ sie aufschnappen. „Bitte sehr, Fräulein Mimose", sagte er.

Neben dem Wagen erstreckte sich eine unergründliche Pfütze mit mehreren Metern Durchmesser.

„Ähm", sagte Gretchen.

„Was ist jetzt? Raus!", sagte der Fahrer. „Du wolltest raus, jetzt steig aus."

Gretchen öffnete den Gurt. Hansel, der an der Tür saß, zögerte.

„Du auch, kleines Brüderchen", sagte der Fahrer.

„Hören Sie", sagte Hansel.

„Nein, ihr seid mir zu doof", sagte der Fahrer. „Das tue ich mir nicht an. Wenn ich jemandem einen Gefallen tue, dann will ich, dass der ein bisschen nett zu mir ist. Wozu nehme ich Anhalter mit, wenn die mir dann so verklemmt kommen. Raus jetzt mit euch beiden. Die Pfütze wartet."

Dreckig waren sie auch vorher gewesen. Aber jetzt stand das Wasser in ihren Schuhen. Außerdem hatten sie kein Gepäck mehr, denn das hatte der Mann vergessen auszuladen, bevor er mit Vollgas losgerast war und sie in einer Schlammfontäne zurückgelassen hatte. Gretchen versuchte noch einmal ihr Handy, aber die Eltern waren nach wie vor nicht zu erreichen.

„Verdammt."

„Ich sage dir, die haben ihre beiden Handys irgendwie kaputtgekriegt. Und das Auto hat eine Panne. Und jetzt sind sie in heller Aufregung und wissen nicht, wie sie uns erreichen können."

„Mag sein, aber was machen wir?"

„Lass uns bis vor zur Landstraße gehen, vielleicht nimmt uns dort einer in die nächste Stadt mit."

„So wie wir aussehen?" Sie sahen aus wie Mumien aus Matsch.

„Vielleicht ein Bauer auf dem Trecker."

„Viel Glück."

„Hast du eine bessere Idee?"

„Nein. Geld haben wir auch keines mehr."

„Und die EC-Karten haben wir nicht dabei. Aus Sicherheitsgründen, wie Vater sagte. Was für ein Mist. Wir hätten nicht auf ihn hören sollen."

„Mann, die Eltern, die haben das echt verbockt. Das wird denen noch leidtun."

„Aber wir müssen jetzt etwas tun."

Niemand nahm sie mit. Auch die Eltern tauchten nicht auf. Nachdem sie zwei Stunden an der Landstraße gestanden hatten, warfen sie eine Münze, die Hansel noch in seiner Hosentasche gefunden hatte, und gingen dann nach links. Gretchen weinte leise vor sich hin. Hansel schniefte. Zwischendrin machten sie sich Vorwürfe oder schimpften auf ihre Eltern.

Es wurde dunkel. Es kam kein Dorf.

„Das ist ja total abgelegen hier", sagte Hansel.

„Fällt dir das auch schon auf?"

„In der letzten halben Stunde ist kein einziges Auto vorbeigekommen."

„Nicht mal ein Trecker."

„Wie spät ist es?"

„Mein Handy hat aufgegeben."

„Meines auch."

„Wenn wir jetzt hier sterben."

„Mal den Teufel nicht an die Wand."

„Aber was sollen wir denn machen?"

„Es wird sich schon eine Lösung finden."

Bald war es so dunkel wie noch nie in Hansel und Gretchens Leben. In der Gegend schien es keine bewohnten Häuser zu geben. Sie hatten das Gefühl, dass sie sich in einem Wald befanden, aber genau konnten sie auch das nicht erkennen.

„Ich kann nicht mehr", sagte Gretchen.

„Ich auch nicht", sagte Hansel.

„Ich habe Durst."

„Wem sagst du das."

„Wenn wir hier sterben? Bloß weil unsere Eltern nicht mit einem Handy umgehen können?"

„Wenn du den Typ im Auto nicht gereizt hättest … So schlimm war der gar nicht. Du bist viel zu empfindlich."

„Fängst du schon wieder an."

„Ich meine ja nur."

Sie liefen eine Weile weiter die Landstraße entlang. Irgendwann ging der Mond auf und sie stellten fest, dass sie wirklich in einem Wald waren. Hansel blieb schließlich stehen. „Ich kann keinen Schritt mehr gehen."

„Ich auch nicht", sagte Gretchen. „Ich habe Hunger, ich habe Durst, ich habe eine Blase an der Ferse, mir ist kalt, ich will nicht mehr. Ich glaube, ich will sterben. Dann hat das ein Ende."

„Ach Gretchen. Alles wird gut."

„Das glaube ich nicht. Vielleicht sind unsere Eltern verunglückt und wir werden hier im Wald verhungern. Unsere ganze Familie an einem Tag ausradiert."

„Nun dramatisiere nicht."

„Ich übertreibe nicht. Es ist schrecklich."

„Ich weiß."

Sie setzten sich an den Straßenrand und versuchten sich zu wärmen, indem sie sich umarmten. Die Zeit verging sehr langsam. Als der Morgen endlich dämmerte, war es so kalt geworden, dass sie glaubten, sie würden nun erfrieren. Erfrieren sollte ein schöner Tod sein, hatte Gretchen gehört.

Man schlief ein, nichts tat einem mehr weh, Hunger und Durst waren vergessen. Und dann war es vorbei.

Sie schloss die Augen, sollte es nur geschehen.

„Kommt in mein Haus, ihr armen Kinder. Wärmt euch auf und kommt zu Kräften", sagte eine Stimme.

Gretchen öffnete die Augen. Vor ihr stand eine Frau. Eine alte Frau. Die grauen Haare hingen in wilden Strähnen herunter. Statt Kleider hatte sie sich in unzählige Schichten gelber Tücher gewickelt. An einem Finger steckte ein Ring mit einem schwefelgelben, großen Stein.

„Na, was ist, meine Täubchen?", fragte die Frau.

Gretchen schaute zu Hansel, der anscheinend tief schlief. Typisch, dass er sie in dieser Situation alleine ließ. Doch vielleicht war die merkwürdige Frau eine Halluzination. Die Erschöpfung.

„Liebes, ich habe nicht den ganzen Tag Zeit! Ich habe Kuchen im Backofen, der soll nicht verbrennen", sagte die Frau.

Kuchen klang wunderbar. Gretchen glaubte ihn schon zu riechen. Sie musste etwas essen. Egal, was sie von der Alten hielt, etwas zu essen könnte sie auf jeden Fall gebrauchen. Sie stieß Hansel an. Der öffnete die Augen und erschrak.

Die alte Frau hatte sich tief zu Hansel heruntergebeugt und musterte ihn mit einem hungrigen Blick. Gretchen wurde ungemütlich. Vielleicht sollte sie die Frau verjagen? Doch war sie viel zu schwach und die Frau hielt einen dicken Gehstock in der Hand.

„Was für ein hübscher Junge das ist", sagte die Frau. „Wie heißt du?"

„Hansel", sagte dieser.

„Hänsel?"

„Nein Hansel mit a. Aber amerikanisch ausgesprochen. Global halt."

„Aha", sagte die Frau. „Ich glaube, ich werde dich einfach Hänsel nennen. Ich kannte mal einen Hänsel, vor langer Zeit. Eine traurige Geschichte. Und wie heißt du, Mädchen?"

„Gretchen."

„Wenigstens nicht Gretel. Eine Gretel kannte ich nämlich auch, die hat mir übel mitgespielt. Ihr seid nicht zufällig verwandt mit Hänsel und Gretel?"

„Nein, wir kennen sie nicht."

„Nur aus dem Märchen", sagte Gretchen.

„Aus dem Märchen, schau, schau", sagte die Frau und lächelte.

„Und wie heißen Sie?", fragte Hansel.

„Ach, ihr könnt mich einfach Cookie nennen."

Cookie führte die beiden tief in den Wald, weg von der Landstraße. Gretchen war es nicht recht, mit einer Frau, die bestimmt nicht ganz normal war, in die Wildnis zu gehen. Aber was war die Alternative? Natürlich hätte die Straße irgendwann zu einem Ort geführt, das war ja zwangsläufig so. Niemand würde eine Straße teeren, die im Nirgendwo endete, oder? Doch Gretchen war viel zu müde und durstig, um weiterzulaufen. Und Hansel folgte der fremden Frau sowieso, ohne zu zögern. Er hatte Gretchen keinen Blick geschenkt, seit Cookie ihn angesprochen hatte. Wäre Cookie nicht alt, Gretchen hätte vermutet, dass Hansel sie attraktiv fand. Doch das war natürlich ausgeschlossen. Es mussten der Hunger und der Durst sein.

Nach einer Weile blieben sie neben einem Bach stehen. Sie durften daraus trinken und Cookie machte ihrem Namen endlich alle Ehre und verteilte kleine Kekse. Sie schmeckten köstlich. Kaum hatte Gretchen den ersten Keks verschlungen, schien ihre Müdigkeit verflogen. Und Cookie kam ihr auf einmal ganz sympathisch vor.

Sie liefen weiter in den Wald hinein. Wer hätte vermutet, dass es in Dänemark so riesige Wälder gab. Schließlich gelangten sie an eine Lichtung. In der Mitte stand ein kleines Häuschen. Es war mit braunen Kacheln bedeckt, die sich beim Näherkommen als Lebkuchen entpuppten oder zumindest als Kacheln, die echten Lebkuchen phänomenal ähnelten. Gretchen streckte die Hand aus, um zu testen, ob es sich um Gebäck handelte, doch Cookie schlug mit ihrem Stock auf Gretchens Finger.

„Knuspere nicht von meinem Häuschen, Gretel, das kann ich nicht leiden."

„Ich hieße Gretchen."

„Für mich heißt du Gretel, das ist doch einerlei."

Gretchen wagte nicht zu widersprechen, ihre Finger brannten noch von dem Schlag mit dem Stock.

Sie schaute sich um. Um den Garten des Häuschens war eine merkwürdige Mauer gebaut. Sie schien aus männlichen Körpern zu bestehen, nein, aus antiken Statuen oder Gipsabdrücken athletischer Männerkörper, allesamt nackt und in Lebensgröße. Es sah verrückt aus. Wie eine Hecke aus Muskelpaketen.

„Schön, meine Sammlung, nicht wahr?", fragte Cookie.

„Beeindruckend", antwortete Gretchen. Hansel stand wortlos da und starrte mit leerem Blick Cookie an.

„Kommt herein", sagte Cookie. Gretchen zögerte, aber etwas, das stärker war als ihr Wille, zog sie hinein in das dunkle Innere des Häuschens. Hansel war schon vorangegangen.

„Lieber Hänsel, du siehst sehr müde aus. Leg dich ein Weilchen hin, während Gretchen und ich uns um das Essen kümmern", sagte Cookie.

Wie ferngesteuert ging Hansel zu einem Sofa, legte sich nieder, deckte sich mit einer schwefelgelben Decke zu und schien sofort in tiefen Schlaf zu fallen.

„Halt keine Maulaffen feil, sondern hilf mir", sagte Cookie.

„Wie reden Sie denn mit mir?"

„Wie es sich mit einem Dienstboten zu reden gehört", sagte Cookie.

„Aber ich bin Ihr Gast."

„So? Du bist gekleidet wie eine Dienstmagd und du bist auch eine."

Gretchen schaute an sich hinunter und stellte fest, dass sie eine weiße Schürze trug. Auf dem Kopf hatte sie eine Dienstmädchenhaube, wie aus einem altmodischen Porno.

„Na los, geh zum Ofen und schau, ob die Plätzchen fertig sind."

Gretchen wollte sich weigern, aber ihre Füße gingen Schritt für Schritt zum Herd, ihre Hände klappten den Backofen auf, griffen nach einem Topflappen und zogen das Blech heraus. Darauf lagen duftende Lebkuchenmännchen.

„Willst du einen haben?", fragte Cookie.

„Ja."

„Später, wenn du die Hausarbeit erledigt hast, kannst du ein paar zerbrochene Kekse haben. Aber nicht, dass du mir extra etwas zerbrichst. Ich habe dich im Auge und lasse dich den Stock spüren."

Gretchen folgte. Sie hatte keine Möglichkeit, sich zu weigern. Ihr Körper tat, was Cookie ihn zu tun hieß. Gretchen konnte nur zusehen, was geschah. Sie arbeitete stundenlang, so schien ihr. Sie bereitete frischen Teig und schob immer wieder neue Plätzchen in den Ofen. Sie putzte die Küche, fegte den Boden, holte Wasser vom Brunnen, wusch einen Berg gelber Tücher und hängte die Wäsche im Garten auf. Dann putzte sie einen großen Korb Pilze, schnitt sie klein und bereitete eine Pilzpfanne mit Spätzle zu. All diese Arbeiten verrichtete sie, als hätte sie nie etwas anderes getan. Ihre Hände und Füße wussten Bescheid.

Cookie saß einstweilen auf einer Bank vor dem Haus und rauchte aus einer langen, geschwungenen Pfeife. Als das Essen fertig war, weckte sie Hansel liebevoll auf und setzte sich mit ihm an den Tisch. Gretchen durfte später die Reste essen, nicht dass Hansel ihr viel übriggelassen hätte.

Schließlich legte sich Hansel wieder auf der Couch schlafen, Cookie schwebte nach oben in ein großes Bett, das an Seilen von der Decke hing und von gelben Chiffontüchern umgeben war wie ein Zelt. Sie begann sogleich zu schnarchen. Gretchens Körper räumte auf, dann legte er sich auf einer Strohmatte zur Ruhe.

Gretchen fand keinen Schlaf. In was für eine Lage waren sie geraten? Und wie würden sie hier wieder wegkommen? Und das alles bloß, weil die Eltern nicht mit ihren Handys umgehen konnten. Wahrscheinlich suchten sie Hansel und Gretchen. Aber wie sollten sie sie hier mitten im Wald jemals finden? Soweit Gretchen es beurteilen konnte, gab es in der Hütte nicht einmal Strom, geschweige denn wären ihre Hände bereit gewesen, das Handy in ihrer Hosentasche aufzuladen. Und außerdem hätte sie mit Sicherheit keinen Empfang, fiel ihr ein.

Sie war verloren an diesem gottverlassenen Ort, in der Gewalt einer Irren und Hansel war anscheinend geisteskrank geworden. Hätte sie nicht gewusst, dass das nicht sein konnte, sie hätte an Magie geglaubt.

Wie funktionierte der Herd? Flammen hatte sie im ganzen Haus keine gesehen, auch keine Gasflasche oder Solaranlage. Trotzdem hatte sie den ganzen Tag Plätzchen gebacken und zum Auskühlen ausgebreitet. Sie hatte immer noch Hunger und hätte gerne eines stibitzt. Aber ihre Beine weigerten sich aufzustehen. Hansel lag in Cookies Bann, Gretchen hatte ihren Willen behalten, aber sie konnte ihn nicht umsetzen. Wer war wohl besser dran?

Cookie konnte natürlich keine Hexe sein. Hexen gab es nicht. Aber das änderte nichts daran, dass sie sich benahm wie eine Hexe, gemein war wie eine Hexe und hexen konnte wie eine Hexe.

Am nächsten Morgen ging die Hausarbeit weiter. Hansel durfte ausschlafen und bekam von Gretchen, der er keinen Blick gönnte, ein gutes Frühstück serviert. Danach überreichte ihm Cookie mit großer Geste zwei goldene Hanteln und ein Springseil mit goldenen Griffen. Er bedankte sich verzückt und begann sofort frenetisch zu trainieren. Hansel hatte in seinem ganzen Leben noch nie freiwillig Sport getrieben. Jetzt tat er es unentwegt.

So ging es wochenlang. Gretchen schuftete im Haushalt und Hansel verbrachte seine Zeit mit Liegestützen, Seilhüpfen, Sit-ups und Laufrunden um die skurrile Gartenmauer. Jeden Abend fasste Cookie mit Daumen und Zeigefinger an Hansels Bizeps und begutachtete seine Fortschritte.

„Feiner Junge, du musst noch eine Menge trainieren, aber du bist auf dem richtigen Weg", sagte sie. „Jetzt aber ab ins Bett. Du musst morgen ausgeruht sein."

Gretchen machte sich Sorgen. Ein Glück, dass Hansel vorher komplett untrainiert gewesen war. So würde es trotz einiger Pülverchen, die Cookie ihm verabreichte, noch eine Weile dauern, bis er so muskulös wäre wie die Männerkörper, die das Haus umgaben. Aber dann? Würde Cookie ihn gleich in Stein verwandeln? Oder würde sie ihn vernaschen und ihn erst in die Gartenmauer einpassen, wenn sie seiner überdrüssig wäre?

Bei dem Gedanken, dass Cookie Hansel verführen könnte, wurde Gretchen übel. Natürlich konnte Hansel schlafen, mit wem er wollte. Aber für Cookie war er ein williges Schoßhündchen. Und außerdem war sie so alt. Einfach widerlich. Gretchen durfte nicht zulassen, dass sie Hansel anfasste.

Und sie selbst wollte weg von dieser nicht enden wollenden Folge von Hausarbeiten. Sie musste etwas unternehmen.

Sie buk für Cookie unzählige Sorten Kekse und Lebkuchen. Manchmal war es ganz interessant, zu beobachten, was ihre Hände in Cookies Auftrag taten. Vorher hatte sie noch nie gebacken, jetzt wusste sie sehr viel darüber. Cookie ließ sie alle Arbeiten erledigen, bis auf eine.

In jede Teigmischung gab Cookie eine Prise von einem Pulver, das sie in einem Beutel an ihrem Gürtel trug. Das Pulver sah aus wie gewöhnliche Semmelbrösel, soweit Gretchen erkennen konnte.

Aber die Hexe ließ sie nie nahe heran, wenn sie mit dem Pulver hantierte. Es musste sich um ein Zaubermittel handeln.

Wenn Gretchen nämlich einen Lebkuchen gegessen hatte, trübte sich ihr Denken ein und sie vergaß ihre Fluchtpläne. Erst mit zunehmendem Hunger erinnerte sie sich wieder, dass es eine Welt da draußen gab, in die sie zurückkehren wollte. Sie stellte fest, dass ihre Arme und Beine ihr besser gehorchten, wenn sie außerhalb des Hauses war. Je weiter sie sich entfernte, desto weniger konnte die Hexe sie kontrollieren. Auch das musste an den Lebkuchen liegen, dachte sie. Das Haus war damit bedeckt und dadurch war es erfüllt von Cookies Zauber.

Der Nachteil eines Lebkuchenhauses ist, dass es jede Woche neu mit Lebkuchen bedeckt werden musste. Die Witterung lässt das Gebäck schnell verwittern und nachts nagen die Tiere des Waldes daran, obwohl es ihnen schlecht bekommt. Gretchen musste daher unentwegt backen und dann das Haus mit dem Gepäck bekleben. Es war eine Heidenarbeit und wäre komplett sinnlos gewesen – warum das Haus nicht mit Schindeln oder Holz bedecken? –, wenn die Lebkuchen nicht eine magische Wirkung entfaltet hätten. Und solange sie das taten, würde Gretchen Hansel nicht zur Flucht überreden können.

Es kam der Tag, an dem die Hexe Gretchen zum Wasserholen schickte, während sie sich an ihrem geheimnisvollen Pulver zu schaffen machte. Der Brunnen war in der hintersten Ecke des Gartens. Gretchen musste das Wasser mit einem Eimer heraufholen und dann in einen Krug füllen. Ihr Körper tat das folgsam und effizient, doch Gretchen nahm all ihren Willen zusammen und ließ den Krug in den Brunnen fallen. Ihre Finger leisteten Widerstand und hielten den Henkel fest, doch Gretchen schaffte es, ihre Hand zu zwingen, den Krug loszulassen. Weit unten plumpste er ins Wasser. Gretchen schrie, so laut sie konnte: „Oh je, der Krug. Der schöne Krug ist in den Brunnen gefallen."

Cookie kam aus dem Haus gerannt. In einer Hand hielt sie das Säckchen mit dem Pulver, in der anderen schwang sie ihren dicken Stock. „Du dummer Trampel", rief sie.

„Schaut nur nach", sagte Gretchen. „Der Krug liegt im Brunnen."

Cookie beugte sich über den Brunnenrand, Gretchen wollte sie hinabstoßen, aber da drehte sich Cookie blitzschnell herum und packte Gretchen an den Handgelenken.

„Eine Gretel bleibt doch eine Gretel. Deine Vorgängerin war genauso ein verschlagenes Biest wie du. Aber jetzt bin ich auf der Hut."

Sie zwinkerte und statt des Brunnens stand in der Ecke des Gartens nun ein Wasserhahn.

„Ich sollte dich windelweich schlagen", sagte Cookie. Sie schaute auf den Boden, wo ihr Stock lag. Dann erschrak sie. Neben dem Stock lag das

Säckchen und daneben, fein verteilt auf der Erde, das geheimnisvolle Pülverchen.

Cookie vergaß Gretels Strafe. Sie heulte auf, sank nieder und versuchte, das Pulver zusammenzukratzen. „Hilf mir, du dumme Gretel", keifte sie.

Gretchen kniete nieder und füllte eifrig das Säckchen mit Pulver. Nach einer Weile hob Cookie das Säckchen hoch und wog es in den Händen. „Es ist doch das meiste gerettet worden", sagte sie zufrieden. „Fast scheint mir das Säckchen jetzt besser gefüllt als zuvor." Sie schnürte das Säckchen zu und stand auf. „Und du wirst heute Abend deine Tracht Prügel bekommen, du undankbares Ding", sagte sie.

Gesagt, getan. Am Abend bekam Gretchen den Stock zu spüren. Und sie musste vier große Lebkuchen essen, damit ihr Wille schwächer wurde. Hansel starrte nur dumpf vor sich hin, bis Cookie ein Maßband holte und seine Oberarmmuskeln maß. Stolz ließ er seine Muskeln spielen und errötete, als Cookie ihn lobte. „Lieber Hänsel, bald ist es so weit. Nur noch ein paar Tage und du bist bereit." Er legte nach dem Abendessen eine zusätzliche Trainingseinheit ein und lächelte dabei beseelt. Gretchen wurde schlecht und nicht von den Lebkuchen.

In den nächsten Tagen wurden viele Bleche Lebkuchen gebacken und viel frischer Teig angerührt. Cookie gab reichlich von dem Pulver hinzu und achtete darauf, dass Gretchen und Hansel viel von den Lebkuchen aßen. Gretchen verrichtete alle Arbeiten wie eine geölte Maschine. Sie widersprach nicht, zögerte nicht, sie machte kaum Pausen. Cookie war zufrieden. Offensichtlich war die Dosis nun die richtige. Gretchen wurde richtig eifrig und ersetzte die alten Lebkuchen am Haus in Windeseile. Es mochte nach ein paar Tagen kein Lebkuchen mehr daran sein, der älter war als eine Woche.

Cookie schenkte Hansel ein goldenes Fläschchen mit einem Öl. Damit bestrich er seine Muskeln und posierte nun mit verträumtem Blick lange vor dem Spiegel, während Cookie ihn ihrerseits versonnen beobachtete. Abends betastete und maß sie seine Oberarme und war sehr zufrieden.

Eines Abends nach dem Essen holte sie ihr Maßband hervor, legte es sanft um den Bizeps und rief dann aus: „Perfekt!" Sie reichte Hansel das Öl, er strich sich von oben bis unten damit ein. Er trug seit Längerem nur noch einen Lendenschurz, so dass sein Körper fast unbedeckt war. Gretchen beobachtete mit gerunzelter Stirn, wie er zärtlich seine Pobacken einölte. Cookie stand auf, schnippte mit den Fingern und schwebte hinauf auf ihr hängendes Bett. Dort oben saß sie, grinste breit und lockte Hansel mit dem Zeigefinger. „Komm nur, mein lieber Hänsel, es ist so weit."

Hansel lächelte und schwang sich mühelos hinauf auf das Bett.

„Halt", schrie Gretchen.

„Was soll das?", rief Cookie. „Halt den Mund, du störst."

„Genau das will ich", schrie Gretchen. „Hansel, komm sofort da runter! Du musst ihr nicht mehr gehorchen."

Hansel schaute Gretchen verwundert an. Als würde er erst jetzt bemerken, dass sie im Raum war. Er blieb auf der Bettkante sitzen.

„Gretel, sei brav und geh in den Garten", sagte Cookie.

Gretchens Körper drehte sich um und ging zur Tür. Dann schwang sie herum, zog ein großes Küchenmesser aus ihrem Gewand, sprang auf das Bett zu und hackte rasch die Seile durch, die das Bett an der Decke hielten. Sie hatte sie in den Tagen zuvor schon angesägt und so bereitete ihr das Durchhacken keine Schwierigkeiten.

Das Bett, Cookie und Hansel krachten auf den Boden. Gretchen sprang auf Cookie zu und fesselte sie mit den gelben Chiffontüchern, die das Bett umgaben. Cookie fluchte und spuckte, so dass Gretchen ihr schließlich ein weiteres Tuch als Knebel in den Mund steckte.

„Komm jetzt, Hansel, uns hält hier nichts mehr", rief Gretchen und hielt ihrem Bruder die Hand entgegen.

Der saß auf den Trümmern des Bettes und weinte.

„Hast du dich verletzt?"

„Ich habe mir meinen Fingernagel eingerissen."

„Das ist jetzt nicht dein Ernst?", sagte Gretchen.

„Doch", Hansel hielt ihr anklagend die Hand entgegen.

„Komm jetzt, reiß dich zusammen, es wird bald dunkel und es ist ein weiter Weg bis zur Straße. Lass uns noch ein paar Lebkuchen einpacken für die Reise." Cookies Kopf ging bei diesen Worten hoch.

„Nein, nein, du alte Hexe", sagte Gretchen. „Du brauchst auf deine Magie nicht zu hoffen. Ich habe dein Pülverchen am Brunnen durch stinknormale Semmelbrösel ersetzt. Ein bisschen Pulver hast du auch von der Erde eingesammelt, aber die Wirkung ist so verdünnt, dass sie mir nichts mehr anhaben kann. Und Hansel ebenfalls nicht. Los jetzt Hansel!"

Der saß immer noch auf dem Bett und lutschte an seinem eingerissenen Fingernagel.

„Du brauchst keine Angst mehr zu haben. Die Alte kann dir nichts mehr tun. Zieh dir was an und komm mit in die Freiheit!"

„Ich will nicht, dass du so über Cookie sprichst", sagte Hansel.

„Aber Hansel, der Zauber ist vorbei. Ich bin es, Gretchen. Wir können zurück ins Leben und du musst dieser Alten nicht mehr gefallen!"

„Diese Alte, wie du sie nennst, ist meine Cookie. Ich will ihr gefallen und ich will nicht zurück in dieses andere Leben, in dem ich einen Job suchen muss und Mutter sich beschwert, wenn ich meine Wäsche nicht zusammenräume. Mir geht es gut hier. Ich hoffe, du hast Cookie nicht verletzt."

„Erkennst du mich nicht? Ich bin Gretchen, deine Schwester!"

„Klar erkenne ich dich. Du hast Cookie das angetan, dabei hat sie dich auch aufgenommen, obwohl du nie nett zu ihr warst. Ich sollte dich fesseln und Cookie entscheiden lassen, was sie mit dir tun will. Aber weil du meine Schwester bist, kannst du gehen. Mach hinne, denn ich werde Cookie so schnell wie möglich von diesen Fesseln befreien. Ich hoffe, sie hat keinen Schaden erlitten."

„Aber Hansel ..." Gretchen zog an Hansels Arm, aber er schüttelte sie ab wie eine Fliege. Er begann damit, Cookie loszubinden. Gretchen wollte Hansel nicht zurücklassen, aber die Hexe begann zu fluchen und zu schimpfen, sobald der Knebel entfernt war. Wer weiß, ob sie nicht auch andere Zauber beherrschte als das Backen mit Pülverchen.

Gretchen flehte Hansel ein letztes Mal an, mitzukommen, dann rannte sie los, keinen Moment zu früh, denn Cookie streifte die gelockerten Fesseln schon ab und wollte aufspringen.

Gretchen lief lange Zeit durch den Wald. Sie befürchtete, dass sie im Kreis laufen würde, wie man das in Abenteuergeschichten las. Aber endlich erreichte sie die Straße. Sie folgte ihr. Schon nach wenigen Kilometern lichtete sich der Wald und sie erreichte einen kleinen Ort. Es war nicht einfach, aber Gretchen gelang es, Hilfe zu finden. Sie rief ihre Eltern an, die sie mit dem Auto abholten.

„Wo ist Hansel?", fragte die Mutter.

„Das weiß ich leider nicht", antwortete Gretchen. „Wir haben uns auf dem Festival gestritten und er ist mit einem Mädchen abgehauen."

Diese Version schien ihr für ihre Eltern weitaus geeigneter als die Wahrheit.

Hansel tauchte nie wieder auf. Die Eltern hätten Gretchen gerne weiter in ihrem Haus behalten, denn sie hatten festgestellt, dass sie sich zu zweit unentwegt stritten. Es war ganz angenehm, eine dritte Person als Puffer zu haben.

Doch Gretchen zog in die nächste Stadt und eröffnete ein Café. Ihr Kaffee war abscheulich, aber ihre Plätzchen und Lebkuchen waren so gut, dass jeder Kunde und jede Kundin wiederkehrte. Man munkelte, die jungen Männer, die in Gretchens Café ein und aus gingen, könnten keinen Blick von ihr lassen, sobald sie einen Bissen von ihren Keksen gegessen hätten. Konkurrenten behaupteten sogar, es seien Drogen im Spiel. Sie hätten Gretchen dabei beobachtet, wie sie mit einem gelben Pulver hantierte. Doch das war sicher nur dem Neid geschuldet. Gretchen jedenfalls lebte bis ins hohe Alter zufrieden im Kreise ihrer Bewunderer. Ihr Café war weltbekannt und hieß Magic Cookie.

# Ein sprechendes Pferd

„Der Tee ist kalt", sagte die Prinzessin und schleuderte das silberne Trinkgefäß in den Teich. Die beiden Pferde am Ufer scheuten.

„Was? Hilfe! Ein Angriff!", schrie Falada, riss den Kopf hoch und verdrehte die Augen, so dass das Weiße zu sehen war.

„Dramaqueen", sagte die Prinzessin. „Wie mir dieses Tier auf die Nerven geht."

„Alles ist gut", sagte die Kammerjungfer zu den Pferden. Sie strich Falada über den Hals. „Nichts ist passiert. Trinkt ruhig."

„Der Tee ist kalt", sagte die Prinzessin.

„Wir sind einige Stunden geritten", sagte die Kammerdienerin, lüpfte den Rock und balancierte über ein paar Steine zu dem silbernen Trinkgefäß im Teich.

„Ich weiß, deswegen habe ich ja Durst."

„Aber der Tee kühlt ab. Die Thermoskanne wurde noch nicht erfunden."

„Sei nicht so naseweis", sagte die Prinzessin. „Gib mir etwas anderes zu trinken. Den kalten Tee kannst du selbst nehmen."

Die Dienerin fischte das Trinkgefäß aus dem Wasser und machte sich auf den Rückweg über die glitschigen Steine. „Außer dem Tee haben wir nur den Wein für die Hochzeit dabei", sagte sie.

„Das ist mir egal, ich habe jetzt Durst", schrie die Prinzessin und kickte ein paar Kiesel ins Wasser.

Falada riss wieder den Kopf hoch, stieg, rutschte am weichen Ufer ab und stolperte in den Teich. Panisch drehte er sich um die eigene Achse. Die Dienerin wich aus und fiel ins Wasser.

„Was machst du denn, du dumme Trine", sagte die Prinzessin und lachte.

„Was ist passiert? Was ist los?", fragte Falada. Die Stute war zum Glück der Sprache nicht mächtig und hielt den Mund.

Die Dienerin saß im Teich, ihr Kleid klebte am Körper. Das Wasser war grün und kalt. Ein kleiner Fisch hatte sich in ihren Röcken verfangen. Sie schnippte ihn weg. Sie kämpfte sich hoch, stapfte durchs Wasser zum Ufer. Sie schnürte die Gepäcktasche auf und holte eine der drei Flaschen Wein heraus, einen goldenen Korkenzieher und einen rubinbesetzten Kelch. Sie öffnete die Flasche und wollte den Wein eingießen.

„Bring gleich die ganze Flasche", rief die Prinzessin. Sie hatte es sich auf einem umgefallenen Baum bequem gemacht. Sie setzte die Weinflasche direkt an die Lippen. Die Kammerdienerin verkniff sich eine Bemerkung. Die Prinzessin ließ sich von ihr nichts sagen und schon gar nicht einen guten Wein verbieten.

„Du hast Entengrütze im Haar", sagte die Prinzessin. „Und zieh dieses nasse Kleid aus. Du bietest einen schrecklichen Anblick."

„Ich habe nur dieses eine Gewand."

„Tatsächlich? Nun gut, ich will nicht so sein. Ich leihe dir meinen zweiten Mantel."

Eine halbe Stunde später war nur noch ein kleiner Rest in der Weinflasche. Die Prinzessin lag auf dem Baumstamm und betrachtete das Etikett des Weins. Es zeigte das zukünftige Hochzeitspaar.

„Habe ich wirklich so eine schiefe Nase?", fragte die Prinzessin. „Ich hätte diesen nichtsnutzigen Maler für das Portrait einkerkern lassen sollen." Sie starrte das Bild finster an. „Ich kann nur hoffen, dass der Prinz in Wirklichkeit ganz anders aussieht. Er ist so klein und sein Haar ist so dünn. Und dieser dämliche Blick. Ein Prinz, der zu mir passt, wäre viel attraktiver. Findest du nicht?"

Die Dienerin sagte nichts. Sie wickelte sich enger in den Mantel der Prinzessin. Ihr Mieder und ihr Unterrock waren feucht und der Nachmittag neigte sich dem Ende zu. Hoffentlich würden sie, sobald der Wein ausgetrunken war, endlich weiterreiten. Sie hoffte, dass das Schloss des Prinzen gut beheizt war.

„Hallo?", sagte die Prinzessin. „Bist du taub?" Sie stieß die Kammerdienerin mit dem Fuß an. „Du bist mir zu meiner Gesellschaft mitgegeben worden. Also rede. Wie findest du meinen zukünftigen Gemahl?" Sie hielt der Dienerin das Etikett vor die Nase.

„Ihr seid ein schönes Paar."

„Ach. Du findest, ich und dieser hässliche Zwerg passen gut zusammen?"

„Nein, nein. Ihr seid wunderschön und Euer Prinz ist ein stattlicher Mann."

„Was verstehst du von Prinzen." Die Prinzessin drehte die Flasche herum und betrachtete das Bild mit Abscheu. „Ich will diese Missgeburt nicht zum Mann haben. Ich habe etwas Besseres verdient. Ich habe goldene Haare, wie sie noch nie gesehen wurden. Alle sagen das. Ich könnte jeden Prinzen haben. Aber weil meine Mutter Politik machen will, soll ich diesem Provinzler überlassen werden wie ein Stück Vieh. Und er hat eingewilligt, dabei hat er noch nicht einmal ein Bild von mir gesehen. Er würde mich sogar heiraten, wenn ich aussehen würde wie eine gewöhnliche Frau. Es könnte eine andere geschickt werden. Solange sie prächtige Gewänder trüge und den Geleitbrief meiner Mutter vorzeigte, würde er nichts bemerken."

Ihr Blick fiel auf die Kammerdienerin. „Steh auf", schrie die Prinzessin. Falada erschrak, wieherte und tänzelte, rammte die Stute, die schlaftrunken auswich. „Was ist los?", schrie er. „Feinde! Wir müssen fliehen!"

„Ach, halt die Klappe", sagte die Prinzessin.

Sie schaute die Dienerin nachdenklich an, trank den letzten Rest Wein aus der Flasche und sagte dann: „Gut, meine Liebe, ich sage dir, was wir tun, und du wirst niemandem ein Sterbenswörtchen davon erzählen, sonst hacke ich dir den Kopf ab."

Am Tag nach der Hochzeit ging das junge Paar miteinander spazieren. Die Bewohner des kleinen Städtchens jubelten ihnen zu, noch verkatert nach dem Gelage der vergangenen Nacht. Auch ohne die versprochenen drei Flaschen Wein aus dem Nachbarkönigreich hatte es für alle reichlich zu trinken und zu essen gegeben.

Der Prinz fasste seine Frau an der Hand und führte sie hinaus auf die Wiesen am Fluss. Es war ein herrlicher Frühlingstag, sonnig und hell. Auf einem Baumstamm am Ufer saß eine Magd, die ihr Haar bürstete.

„Siehst du das Mädchen dort hinten?", sagte der Prinz. „Ihr Haar leuchtet in der Sonne, als wäre es aus Gold."

Seine Frau erstarrte, aber er bemerkte es nicht. Er betrachtete die Frau mit den goldenen Haaren.

„Was für ein schönes Bild", sagte er. Dann schaute er seiner Frau ins Gesicht. „Mir wurde berichtet, dass auch du solche Haare hättest. Ich bin so froh, dass es nicht so ist. Diese Prinzessinnen mit den goldenen Haaren und Augen wie Smaragden machen mir Angst. Du bist ganz anders. Es muss ein Wunder sein. Unsere Staatskasse ist leer und so musste ich in eine arrangierte Ehe einwilligen. Ich verfluchte den Tag unserer Hochzeit. Jetzt kann ich dich dafür nur um Verzeihung bitten. Willst du nicht nur meine Frau, sondern auch meine Geliebte und Vertraute werden?"

Seine Frau hob wieder die Augen und lächelte. „Das bin ich bereits."

Sie küssten sich und gingen zurück in die Stadt.

Die Frau mit den goldenen Haaren ließ die Hand sinken, mit der sie ihre Augen vor der Sonne beschirmt hatte. Was für ein Kitsch. Gut, dass dieser schmierige Kerl nicht ihr Gatte geworden war. Die leeren Kassen hatte sie vermutet. Sollte die Dienerin mit diesem Kerl glücklich werden, sie selbst würde etwas Besseres finden.

Sie ging hinüber zur Pferdeweide. Ein großer Apfelschimmel kann herangestürmt. Er bremste zu spät und rutschte in den Zaun.

„Hallo Prinzessin", schnaubte er. „Was ist los? Warum tragen Sie Ihre Krone nicht? Wo waren Sie? Muss ich wirklich der Kammerdienerin zu Diensten sein? Ich bin zu Höherem ausersehen. Diese Weide ist voller Löwenzahn. Ich mag keinen Löwenzahn."

„Falada, halt den Mund", sagte die Prinzessin, „sonst muss ich dir den Kopf abhacken."

„Aber warum?", schrie Falada. „Warum sind Sie wütend auf mich? Was habe ich falsch gemacht? Bitte Prinzessin, es tut mir so leid!" Er schnaubte und tänzelte nervös auf der Stelle.

Die anderen Pferde warfen die Köpfe hoch und schauten irritiert herüber. Nur die braune Stute, die mit ihnen hierhergereist war, drehte Falada den Hintern zu und graste ungerührt weiter.

„Halt endlich die Klappe und reg dich ab", sagte die Prinzessin.

„Aber ich wollte keinen Fehler machen! Ist alles wieder gut?"

„Ruhe. Ich komme heute nach Einbruch der Dunkelheit und hole dich ab."

„Warum? Wohin? Mit der goldenen Trense?"

„Still. Keine weiteren Fragen. Tu um Himmels Willen so, als ob du nicht reden könntest. Das wäre sowieso für alle ein Gewinn."

„Aber warum ..."

„Schnauze. Wenn du dich weiter so anstellst, nehme ich ein anderes Pferd. Eines, das schweigen kann."

„Nein! Bitte nicht! Warum? Wozu? Wohin?"

„Du wirst sehen. Wir brechen auf und suchen unser Glück."

„Wir beide? Allein?"

„Ja. Und jetzt Schluss."

„Aber – nur eine letzte Frage?"

„Wenn es sein muss."

„Sie hacken mir nicht den Kopf ab?"

„Nein."

„Bestimmt nicht?"

„Das ist die zweite Frage. Bis heute Abend."

Einen Monat später ritt sie auf Falada durch ein anderes Königreich. Ihr goldenes Haar glänzte und fiel wie ein Umhang um ihr schlichtes Kleid. Der Prinz an ihrer Seite war groß. Seine Schultern waren breit und sein Staatssäckel gut gefüllt.

„Edle Maid", sagte er.

„Ja?"

„Ihr wisst, dass ich euch zu meiner Gemahlin machen möchte."

„Ja, ich bin beglückt darüber."

Was redete der dumme Kerl? Würde er einen Rückzieher machen?

„Ich kann den Tag unserer Vermählung kaum mehr erwarten", sagte er.

Gut, aber irgendwas war im Busch. Ihr Instinkt trog sie nie.

„Ich habe gestern mit meinen Eltern gesprochen."

Aha. Die Königin hatte sie von Anfang an so skeptisch angesehen, wenn der Prinz nicht dabei war. Diese Frau stellte ein Problem dar. Aber die Prinzessin würde auch dieses Problem aus dem Weg räumen, wenn es sein musste.

„Ich hoffe, eure Eltern haben mich so lieb gewonnen wie ich sie?", flötete sie.

„Meine Eltern freuen sich, dass ich so eine wunderschöne und – ähm – wunderschöne Frau gefunden habe. Allein, meine Mutter macht sich natürlich Sorgen um mich. Ich bin ihr einziger Sohn und so. Das müsst ihr verstehen."

„Natürlich." Was hatte die alte Hexe ausgeheckt?

„Ihr seid ja ziemlich plötzlich in unserem Lande aufgetaucht. Natürlich kann kein Zweifel bestehen, dass ihr eine Prinzessin seid. Allein eure goldenen Haare sind ein eindeutiges Anzeichen. Und euer prächtiges sprechendes Pferd. Wer außer einer Prinzessin dürfte auf so einem Ross reiten."

Falada hob den Kopf, schnaubte und tänzelte stolz.

„Seht ihr, Prinzessin", sagte er, „ich habe euch doch gesagt, dass ich die Dienerin nicht … Au!" Die Prinzessin hatte ihm die Peitsche übergezogen. Er machte einen Satz nach vorn. „Warum?", stieß er aus. „Warum schlagt ihr …. Autsch."

„Halt den Mund, sonst hacke ich dir den Kopf ab", zischte die Prinzessin. Laut sagte sie: „Er ist ein magisches Pferd, aber leider sehr nervös. Nur eine Prinzessin kann ihn reiten. Er braucht eine starke Hand."

„Ich bewundere eure Reitkünste", sagte der Prinz. „Allerdings fragt sich meine Mutter, die eben sehr besorgt ist, ich hoffe, ihr versteht, warum ihr so ärmliche Kleidung trugt, als ihr hier ankamt? Bitte verzeiht mir, aber ihr wart nicht wie eine Prinzessin, sondern wie eine – ich – ich muss es sagen – Gänsemagd gekleidet. Außerdem hat meine Mutter in der ‚Königin im Spiegel' gelesen, dass ihr vor Kurzem den Prinzen hinter den drei Bergen geheiratet habt. Ich weiß, dass man nicht glauben soll, was in der Zeitung steht, aber meine Mutter ist eben – eine Mutter. Sie will nur mein Bestes."

Die Prinzessin hieb Falada die Peitsche in die Seite, so dass er ein paar Sprünge nach vorne machte und „Warum? Warum?" rief. Sie tat so, als würde sie ihn beruhigen und tätschelte ihm den Hals, aber sie flüsterte: „Mach jetzt keinen Fehler, du Vieh. Halt ab jetzt den Mund für immer. Wenn du etwas Falsches sagst, dann hacke ich dir den Kopf noch heute ab." Falada wollte antworten, schluckte aber in letzter Sekunde die Worte hinunter und hustete. Die Prinzessin ritt zurück zum Prinzen. Tränen kullerten über ihre Wangen.

„Nun gut", sagte sie. „Ich wollte meine traurige Geschichte nicht erzählen. Ich wollte keinen Unfrieden zwischen euch und euren Nachbarn stiften. Aber wenn ihr darauf besteht … Ich sollte tatsächlich den Prinzen hinter den drei Bergen heiraten, aber ich wurde von meiner Kammerdienerin betrogen."

Sie erzählte ihm ein Schaudermärchen, in dem die Kammerdienerin sich an ihre Stelle gesetzt und um ein Haar den einzigen Zeugen, Falada, geköpft hätte, damit er das Maul halten würde.

Der Prinz und seine Eltern waren sehr bestürzt über diese Erzählung. Sie bedauerten die Prinzessin, schenkten ihr noch mehr kostbare Gewänder und ließen rasch die Hochzeitsfeierlichkeiten ankündigen. Außerdem erklärten sie dem Königreich hinter den drei Bergen den Krieg. Es wimmelte von prächtig gekleideten Soldaten, die der Prinzessin Treue schworen. Diese war zufrieden und glücklich. Sie ließ ihr goldenes Haar vom Balkon des Schlosses flattern und winkte den Soldaten lächelnd hinterher.

Nur Falada machte ihr Sorgen. Er sagte zwar in ihrer Nähe kaum mehr ein Wort, aber sie wusste, dass er ein Schwätzer war. Niemals würde er auf Dauer den Mund halten. Sie musste abwarten, bis sich die Gelegenheit ergab, jemand anderem die Schuld in die Schuhe zu schieben, dann würde sie ihm endlich den Kopf abhacken und seinen Schädel über dem Tordurchgang zu den Gänseweiden anbringen lassen. Dort würde Falada dann hangen. Und ein totes Pferd würde schweigen.

Oder etwa nicht?

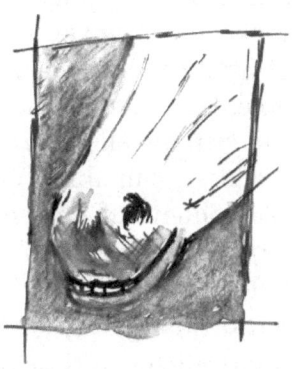

# Sechs Zicken und ein Wolf

Es war einmal eine Geiß, die lebte mit ihren sieben Töchtern in einem kleinen Häuschen. Bis auf das jüngste Zicklein waren die Töchter inzwischen alle im heiratsfähigen Alter und die Geiß hoffte, bald ein paar solvente Böcke für sie zu finden. Sie führte einen florierenden Molkereibetrieb und gerne sollte ein geeigneter Schwiegersohn diesen übernehmen.

Der Vater der sieben Geißlein war leider keine gute Wahl gewesen. Kurz nach der Geburt der Jüngsten hatte er mit einer Heidschnucke das Weite gesucht. Man hörte, er sei unter die Schauspieler gegangen und habe nun ein Engagement in einem Streichelzoo.

Die Geiß hatte sich als alleinerziehende Mutter durchschlagen müssen. Für ihre Töchter hatte sie andere Pläne. Sie sollten auf keinen Hallodri hereinfallen. Und so ließ sie die Zicklein nur in ihrer Begleitung aus dem Haus. Sie halfen tagsüber in der Molkerei, nur das Jüngste ging noch zur Schule. Wenn die Geiß alleine fort musste, dann ermahnte sie ihre Töchter stets, den Riegel vorzulegen und niemanden ins Haus zu lassen.

Da die Zicklein recht lebensfroh und übermütig waren, hatte sie sie schon mit verstellter Stimme auf die Probe gestellt. Doch die Töchter waren standhaft geblieben und hatten die Türe nicht geöffnet, bis sich die Mutter eindeutig zu erkennen gegeben hatte. Sie sollte ihnen mehr vertrauen.

Daher machte sie sich nicht allzu große Sorgen, als sie am frühen Abend noch einmal in die Molkerei eilte. Es gab ein Problem mit dem Frischkäse. Bevor sie ging, erinnerte sie die Zicklein an die Regeln.

„Ihr öffnet niemandem die Tür, solange ich weg bin. Auch wenn ich selbst vor der Tür stehe, prüft erst, ob ihr meine Stimme erkennt, bevor ihr den Riegel zurückzieht!"

„Ja, Mutter", sagten die Geißlein im Chor.

„Und wenn ihr nicht ganz sicher seid?"

„Dann lassen wir uns den Huf zeigen. Mutter, das wissen wir alles", antworteten die Geißlein.

Die Geiß ließ einen letzten mahnenden Blick in die Runde schweifen, dann band sie sich den Umhang um und trabte in die Molkerei. Sie hörte, wie hinter ihr der Türriegel vorgeschoben wurde, und nickte zufrieden. Auf ihre Töchter war Verlass.

Kaum war die Mutter außer Hörweite, drehten die Geißlein die Musik auf und suchten nach dem

Kräuterschnaps, den die Mutter für Gäste bereithielt. Die Älteste hatte eine paar Zigaretten organisiert. Sie lehnten sich weit aus dem Fenster, damit die Geiß später nichts riechen würde, und rauchten. Nur das jüngste Zicklein, das zum Rauchen und Saufen noch zu jung war, war besorgt.

„Was, wenn die Mutter den Rauch bemerkt? Und wenn sich die Nachbarn über die Musik beschweren? Und der Schnaps? Die Mutter wird doch sehen, dass in der Flasche nicht mehr viel drin ist!", rief es.

„Sei keine Spaßbremse", sagte die Älteste. „Wir füllen die Flasche mit Wasser auf, dann wird sie schon nichts merken."

Die Kleinste war nicht zufrieden, aber die anderen hörten nicht auf sie. Also rollte sie sich in einer Ecke des Zimmers auf dem Boden zusammen und schwieg.

Nach einer Weile klopfte es an der Tür. Die Geißlein erschraken, löschten die Zigaretten, versteckten den Schnaps, drehten die Musik leiser. War die Mutter schon zurück? Das würde Ärger geben.

Es klopfte wieder.

„Ja?", fragte die Älteste.

„Hallo", sagte eine Stimme. Wer immer vor der Tür stehen mochte, ihre Mutter war es mit Sicherheit nicht.

„Was wünschen Sie?", sagte die Älteste. „Unsere Mutter ist ausgegangen und wir dürfen nur ihr öffnen."

„Na, dann komme ich später wieder", sagte die Stimme. Schritte entfernten sich. Die dritte Schwester lief zum Fenster.

„Das war der Wolf!", rief sie.

„Wirklich?" Alle Geißlein rannten zum Fenster und tatsächlich sahen sie gerade noch den Wolf um die Wegbiegung verschwinden.

„Oh nein", sagte das kleinste Zicklein und fing an zu weinen.

„Hör auf zu heulen", sagte das sechste Geißlein. „Er ist weg."

„Und außerdem ist der Wolf eigentlich ganz nett", sagte die Älteste.

„Woher willst du das wissen?", fragte eine andere.

„Ich habe mit ihm neulich gesprochen."

„Warum sollte der Wolf mit dir reden wollen?"

„Sei nicht so vorlaut. Er hat mir gesagt, dass ihm meine Flecken gefallen und er hat mir die Zigaretten geschenkt."

„Was soll an deinen Flecken besonders sein? Mein Fell ist viel weicher und mit mir hat er noch kein Wort gewechselt."

„Aber mir hat er schon zugelächelt", sagte die zweite Tochter.

„Das glaubt ihr doch selber nicht. Der Wolf, der ist viel zu cool, um sich mit ein paar einfachen Geißlein wie uns abzugeben."

„Warum war er dann hier?", fragte die Älteste.

„Wahrscheinlich wollte er mit der Mutter Geschäfte machen", sagte die Vierte.

„Und nun ist er ja sowieso weg."

„Zum Glück", piepste das Jüngste.

Es klopfte erneut. Das Jüngste fing vor Schreck wieder an zu heulen.

„Wer ist da?", fragte die Älteste.

„Die Mutter, macht schon auf, Kinder", sagte eine Stimme.

Die Stimme klang anders als die des letzten Besuchers, heller, aber die Stimme der alten Geiß war es nicht. Die Geißlein schauten sich an. Das Jüngste hatte den Kopf zwischen die Vorderbeine gesteckt und zitterte.

Die dritte Schwester sagte: „Wir sind uns nicht sicher, dass wir deine Stimme erkennen, bitte zeig uns deinen Huf, damit wir wissen, dass du es bist!"

„Oh, mir fällt ein, ich muss noch einmal kurz weg, bis gleich", sagte die Stimme. Sie hörten Pfoten, die sich rasch entfernten. Aus dem Fenster sahen sie, es war wieder der Wolf gewesen.

Das kleinste Geißlein schluchzte laut auf. „Was machen wir bloß? Der böse Wolf will uns fressen. Wenn nur die Tür hält."

„Ach, Kleine, hab keine Angst. Die Tür ist fest verschlossen."

„Und außerdem will uns der Wolf nicht fressen. Das sind dumme Ammenmärchen. Der Wolf ist kein Mann, den unsere Mutter für uns als Ehemann aussuchen würde, aber er ist charmant, sieht gut aus und hat Lebenserfahrung. Er ist kein wildes Tier."

„Doch er hat durchaus etwas Animalisches", sagte die zweite Tochter versonnen.

„Ich würde ihn gerne näher kennenlernen", sagte die Älteste.

„Ihr habt bei dem gar keine Chance, mein Fell ist viel seidiger!"

„Dafür hast du schiefe Hörner."

„Gar nicht."

Im Nu war ein heller Streit entbrannt. Bis es wieder an die Tür klopfte.

„Macht auf, meine Kinder." Die Stimme war fremd, aber hell wie die der alten Geiß. „Ich zeige euch auch meinen Huf."

Die älteren Geißlein drängten sich um den Türspion. Was sie sahen, war eine dunkle Pfote, die mit einer Masse bestrichen und mit einem weißen Pulver bedeckt war.

„Was ist das denn?", flüsterte die Älteste. „Koks?"

„Auf jeden Fall ist das kein Huf", antwortete eine andere.

„Der Wolf, das ist der Wolf!", rief das Jüngste, das sich in die hinterste Ecke gedrückt hatte.

„Er gibt sich wirklich Mühe, das muss man ihm lassen", sagte das dritte Geißlein.

Die anderen lachten. „Ja. Irgendwie süß."

„Es scheint ihm etwas daran zu liegen, uns kennenzulernen."

„Der will uns fressen", quietschte das Jüngste.

„Am besten verstecken wir uns", sagte die Älteste.

„Aber die Tür ist doch ….." Die zweite Geiß verstummte, als ihr die Älteste einen Tritt versetzte.

„Komm, versteck du dich im Küchenschrank", sagte die Älteste zur Jüngsten. Die sprang folgsam in den Schrank hinein.

„Und ihr?", rief sie aus dem Inneren.

„Wir finden auch ein Versteck", sagte die Älteste und drehte von außen den Schlüssel herum, so dass die Jüngste im Schrank gefangen war.

„Was?" Die anderen Schwestern wunderten sich erst, aber dann verstanden sie.

„Meinst du wirklich?", flüsterten sie und „Das ist aber riskant", „Was wenn die Mutter wiederkommt?" und „Ach, lass uns doch einmal Spaß haben, was soll passieren."

„Passt auf, dass die Kleine nichts mitbekommt", flüsterte die Älteste. Sehr laut und deutlich fuhr sie fort: „Liebe Mutter, wir sind uns noch nicht ganz klar, ob das auch euer Fuß ist, könnt ihr ihn noch einmal zeigen?"

„Gerne, meine Süßen", sagte die Stimme.

Die Geißlein schauten sich an. Eine sagte so laut, dass die Kleine im Schrank es hören musste: „Jetzt ist es ganz klar. Entschuldige, liebe Mutter, dass wir dich nicht gleich erkannt haben."

„Du hast recht", sagte eine andere.

„Oh nein", schrie das Geißlein im Schrank. „Das ist doch der Wolf! Ihr habt die Pfote gesehen!" Aber die anderen gingen zur Tür und schoben den Riegel zurück.

Der Wolf stand verwirrt draußen. Er war sicher gewesen, aufgeflogen zu sein. Die Pfote mit dem Teig und dem Mehl sah zu blöd aus. Aber er hatte es einfach probieren müssen. Zu gut war die Gelegenheit, die entzückenden sieben Geißlein alleine anzutreffen.

Die Geißlein begrüßten den Wolf stürmisch. Er war überrascht, aber durchaus angetan. Er hatte ja nicht geahnt, dass sie alle sieben auf ihn standen. Er stutzte. „Ihr seid ja nur zu sechst?"

„Ach, die Kleinste, die ist schon im Bett und schläft. Sie ist ja noch ein Kind."

Auch gut, mit sechs Zicklein hatte er schon genug am Hals. Eigentlich hatte er nur mal sein Glück versuchen wollen, vielleicht einen kleinen Flirt riskieren oder gar einen Kuss. Aber nun drängten sie sich an ihn mit ihrem weichen Fell, ihren neckischen Augen, ihren glatten Hörnern. Sie übermannten ihn. Sie nahmen ihn in ihre Mitte und schoben ihn hinaus aus der Hütte, auf den Weg, hinaus in den Wald. Er konnte nicht fassen, was ihm geschah. Sicher, es war schön, es war aufregend, es war kinky. Ein Wolf mit sechs wollüstigen jungen Ziegen. Das war schon was. Und sie waren ja alle erwachsen. Aber geplant hatte er das nicht. Und er war sich nicht sicher, ob er dem gewachsen war.

Als die alte Geiß spät in der Nacht vor der offenen Tür stand, fürchtete sie das Schlimmste. Sie rief nach ihren Kindern, aber sie konnte keines entdecken. Schließlich hörte sie ein Klappern im Küchenschrank. Sie drehte den Schlüssel und ihr jüngstes Zicklein purzelte heraus.

„Der Wolf, der Wolf!", schrie das Zicklein.

„Wie konnte er denn ins Haus kommen?", fragte die Mutter.

„Er hat seine Stimme verstellt."

„Habt ihr euch nicht den Huf zeigen lassen?"

„Er hat die anderen überzeugt."

„Die anderen? Warum hast du sie nicht gewarnt?"

„Sie haben mich zu meiner Sicherheit im Schrank eingesperrt."

Die Mutter hatte ihre Zweifel an der Version der Ereignisse. Aber was auch geschehen war, ihre Geißlein waren verschwunden. Sie musste sie vor dem Schlimmsten bewahren, dem Wolf war nicht zu trauen. Sie schubste das Jüngste voran, denn alleine lassen würde sie kein Zicklein mehr. Sie folgten den Spuren in den Wald hinein.

Der Wolf und die sechs Geißlein mussten schnell gelaufen sein. Jedenfalls hatte die alte Geiß große Schwierigkeiten, ihrer Fährte zu folgen, der Ziegengeruch war fast verflogen. Schließlich gelangte sie an den Fluss. Sie hob das Zicklein auf ihren Rücken und durchquerte die Furt, aber auf der anderen Seite konnte sie die Fährte nicht mehr aufnehmen. Vielleicht war die Gruppe mit einem Boot den Fluss entlang geflohen. Die Geiß folgte dem Fluss auf gut Glück viele Tage flussab, bis sie in eine Stadt am Meer gelangte. Niemand hatte dort einen Wolf mit sechs Geißen gesehen. Also kehrte die Geiß um und lief am Ufer entlang zurück in Richtung der Berge, wo der Fluss entsprang.

Der Wasserlauf wurde immer schmaler und der Weg steiler. Das jüngste Zicklein konnte nicht mehr mithalten. Immer öfter mussten sie rasten. Die alte Geiß wartete ungeduldig, bis ihr jüngstes Kind wieder laufen konnte, dann hastete sie weiter. Sie weckte es früh und wanderte, bis es dunkel wurde. Bis eines Tages das Jüngste liegen blieb. Die Geiß stupste es an und biss es ins Ohr, aber das Zicklein stand nicht auf. Die Geiß wollte alleine weiter hasten, aber nach ein paar Metern kehrte sie um und legte sich zu ihrem Kind. Es hatte ja recht, sie mussten sich ausruhen und einen Tag lang Blätter fressen, um Kraft zu sammeln.

Inzwischen waren einige Wochen vergangen, seit der Wolf die sechs Zicken entführt hatte. Wenn sie noch lebten, dann war der Ruf der Geißlein ruiniert. Warum hatten sie bloß die Tür geöffnet? Der Wolf war nicht clever genug, um die Geißlein zu täuschen. Nein, sie hatten sich ihm freiwillig ausgeliefert. Die Geiß meckerte wütend und schnappte nach einem trockenen Grashalm. Diese dummen Zicken hatten so viel Schaden angerichtet. In der Molkerei ging es bestimmt drunter und drüber, die Schafe und die Kuh kamen ohne einen lenkenden Huf nicht zurecht. Sie sollte die Zicken ihrem Schicksal überlassen und mit ihrem letzten Kind zurückkehren. Vielleicht konnte sie das Schlimmste noch abwenden. Besser sechs Geißlein verloren als die wirtschaftliche Existenz.

Der Mond war aufgegangen und hing rund und prall von einem klaren Himmelsgewölbe. „Lieber Mond", sagte die Geiß, „hilf mir! Was soll ich tun?"

Der Mond blieb stumm. Gnadenlos und grell schien er auf die Geiß herunter. Sie ließ den Kopf hängen und schloss die Augen.

Da hörte sie ein Heulen. Ihr Kopf ging wieder hoch. Ja, ganz deutlich war es zu vernehmen. Hinter dem Hügel zu ihrer Rechten heulte etwas, nein jemand. Die Stimme kannte sie. Danke, lieber Mond, dachte sie.

Sie stand auf. Sollte sie das letzte Geißlein wecken? Es lag gut versteckt in einer Kuhle. Sie scharrte ein paar Blätter über das Junge, das davon nicht erwachte. Dann ließ sie ihre Ohren spielen und folgte dem Heulen. Der Mond beleuchtete den Pfad. Sie glaubte Pfotenabdrücke zu erkennen. Schließlich erreichte sie eine weite Wiese. In der Mitte war ein Hügel. Und auf dem Hügel saß der Wolf und heulte sich die Seele aus dem Leib.

Wump! Die Geiß rammte den Wolf mit den Hörnern um und trommelte mit den Hufen auf ihn ein.

„Au", jaulte der Wolf. Er versuchte, seinen Kopf zu schützen. „Hör auf!"

Aber die Geiß hatte noch lange nicht genug. Sie ließ ihre scharfen Hufe auf den Wolf prasseln. Er würde büßen: für ihre Sorgen, für ihren Ärger, für die lange, entbehrungsreiche Reise, für seine Dreistigkeit, für seine Wehleidigkeit, für sein Gejaule und Gejammere. Irgendwann konnte sie nicht mehr. Mit pumpenden Flanken blieb sie stehen. Der Wolf hatte sich zu einem Bündel zusammengerollt. Jetzt wagte er einen vorsichtigen Blick.

„Ich …"

„Was?", schrie die Geiß und senkte die Hörner.

„Entschuldigung", der Wolf duckte sich wieder, als die Geiß wütend aufstampfte.

„Du meinst, mit einer Entschuldigung ist es getan?", sagte sie. „Du Lump, du gemeiner Mistkerl. Wo sind meine Zicklein?"

Der Wolf seufzte.

„Was hast du getan?"

„Ich wollte nichts Böses. Ich war überwältigt. Sie haben mich verlockt."

„Hast du sie gefressen, du Verbrecher?"

Die Geiß senkte die Hörner, der Wolf zuckte zurück.

„Nein! Sie sind wohlauf."

„Wo sind sie?" Die Geiß blickte sich um.

„Ich führe dich gleich hin. Ich bin nur heute Nacht … Der Mond schien so schön. Es war so ruhig. Ich brauchte etwas Abstand. Ich bin nicht mehr der Jüngste und sechs Zicken … Kann ich noch kurz hierbleiben?"

„Was ist mit meinen Geißlein", schrie die Geiß. „Hör auf, um den heißen Brei herumzureden!"

„Den Zicken geht es gut. Du kannst mir glauben. Ich bin es, dem es nicht so gut geht."

„Ach was."

„Ich sage das ungern, aber die Zicken hängen an meinem Hals wie Wackersteine."

„Da hängt nichts. Wo sind sie?"

„Ok", sagte der Wolf. „Ich bringe dich hin."

Er stand mit Mühe auf. Tat ihm alles weh, weil die Geiß ihn getreten hatte? Recht geschah ihm. Aber der Geiß schien, dass der Wolf in den letzten Wochen gealtert war. Seine Schnauze war weiß gepudert und seine Augen waren blutunterlaufen. Er schleppte sich müde über die Wiese. Sie liefen durch ein kleines Wäldchen, dann standen sie auf einer Lichtung. Auf einen Torbogen war geschrieben: „Das Meckern der Erleuchtung. Ashram Ziege und Wolf". Dahinter standen ein paar schlecht gezimmerte Hütten. Glöckchen bimmelten und sechs liebliche Stimmen meckerten ein Mantra.

„Du siehst: Deine Zicken haben das Glück gefunden oder sind auf dem Wege dahin", sagte der Wolf.

Die Ziege legte den Kopf schief. „Und du bist ihr Guru oder was?"

„Ich wollte das nicht. Ich wollte überhaupt nichts von ihnen. Vielleicht ein Küsschen. Aber sie waren so überzeugend. Und sie waren zu sechst. Sie sind über mich hergefallen. Was sollte ich tun?"

„Meine Zicklein in Ruhe lassen", sagte die Geiß.

Der Wolf sah so erschöpft aus, so gehetzt, dass er ihr beinahe leidtat. Sie wusste, wie willensstark die Geißlein waren. Sie hatte sie vor allem eingesperrt, um sie vor sich selbst zu schützen. Sie hatten es auf Ärger angelegt und sobald sie ihrer Kontrolle entkommen waren, hatten sie es sicher auf die Spitze getrieben. Ein Glück für sie, dass der Wolf sie nicht gefressen hatte. Wahrscheinlich hatte er sie sogar vor anderen Raubtieren beschützt. Um ihre Unschuld war es natürlich geschehen. Kein anständiger Bock würde sich mit einem Hippiegeißlein verheiraten wollen. Zu spät. Sie hatten sich ein bürgerliches Leben verbaut.

Zum Wolf sagte sie: „Weißt du was? Ich lasse dir meine Geißlein. Mach sie glücklich und sorge für sie."

„Ok", sagte der Wolf. Er seufzte und ließ den Kopf hängen. „Wahrscheinlich ist es ganz richtig so. Ich habe mir die Sache schließlich selbst eingebrockt."

„Was ist los?", fragte die Geiß. „Ich dachte, du bist froh, wenn ich euch meinen Segen gebe."

„Ja, vielen Dank", sagte der Wolf. Er schniefte.

„Macht es keinen Spaß, der Guru zu sein? Sechs attraktive junge Geißlein, die dich anbeten?"

„Anbeten!" Der Wolf lachte auf.

Die Geiß drehte sich um und ging. Nach ein paar Metern blieb sie stehen und kam zurück.

„Heulst du?", fragte sie.

Der Wolf fuhr sich rasch mit der Pfote über die Augen. „Nein, nein. Ein Wolf heult nicht, außer den Mond an natürlich."

„Deine Augen sind aber sehr feucht."

„Was geht es dich an", knurrte der Wolf.

„Ich wollte nur freundlich sein. Schließlich bist du ja sozusagen mein sechsfacher Schwiegersohn."

Der Wolf jaulte auf, drehte sich dann rasch mit der Schnauze zum Mond und hub an zu heulen. Die Geiß verabschiedete sich, ohne dass der Wolf etwas erwiderte. Was soll's, dachte sie und trabte zurück zu ihrem jüngsten Geißlein.

Das lag in tiefem Schlaf unversehrt in seiner Kuhle. Sie stupste es an, es hob den Kopf und öffnete mühsam die Augen. Der lange Weg hatte an ihm gezehrt. Es brauchte Erholung.

„Komm, steh auf", sagte die Geiß.

„Laufen wir schon weiter in die Berge?"

„Nein, wir folgen dem Fluss zurück zum Meer und machen dort Urlaub."

Verwirrt legte das jüngste Zicklein den Kopf schief. „Aber wir sind doch auf der Suche nach meinen Schwestern."

„Nicht mehr", sagte die Geiß. „Während du schliefst, habe ich sie gefunden. Es geht ihnen gut. Sie sind verheiratet und bleiben hier."

„Kann ich sie nicht treffen?"

„Nein", sagte die Geiß. „Sie sind zu beschäftigt mit der Hausarbeit. Sie lassen dich schön grüßen. Du sollst immer brav sein und auf mich hören. Sie haben ihr Glück gefunden, aber es war eine gefährliche Reise. Du sollst es besser machen."

Das Geißlein stellte viele Fragen, aber die Mutter gab keine Antworten. Sie drängte zum Aufbruch und bald trabten sie bergab am Fluss entlang.

Sie reisten nun in gemächlichem Tempo. Die Sonne schien, tausend Blüten säumten ihren Weg, bis sie das Meer erreichten. Sie mieteten ein Zimmer direkt am Strand und ließen es sich gut gehen.

Die Geiß lag in der Sonne und erkannte, dass sie ihr Leben lang viel zu viel gearbeitet hatte. Wie schön war es, die müden Knochen zu wärmen und sich von sanften Wellen schaukeln zu lassen. Sie dachte ab und zu an ihre Molkerei, aber das Geschäft lag in weiter Ferne. Es würde schon alles gut laufen. Die Schafe und die Kuh hatten Erfahrung und das meiste war ohnehin Routine. Das Leben konnte so schön sein. Warum hatte sie es mit Arbeiten und Kindererziehung verbracht, wenn sie dösen und träumen konnte?

Das kleine Zicklein spielte mit den Wellen und war zufrieden. Bald würde es erwachsen sein, dachte die Geiß. Dann wäre sie frei und ungebunden.

Der Wolf hatte den Mond angeheult, bis er unterging. Dann war er zu seinen sechs Zicken geschlichen. Schon von Weitem hörte er die Trommeln und Glöckchen. Sie sangen ein Lied und tanzten dazu. Diese Energie, dachte er müde, diese unerschöpfliche Energie.

„Wo bist du gewesen?" Sie umringten ihn und redeten mit schrillen Stimmen auf ihn ein. „Wir haben dich vermisst. Wohin willst du? Du willst ins Bett? Schön, wir kommen mit! Was, du willst alleine schlafen? Du bist müde? Uns scheint, du bist immer müde! Sei kein Spielverderber, iss deine Vitamine, reiß dich zusammen! Trink ein Glas Wein! Rauch einen Joint. Schlaf nicht ein. Was machen wir morgen? Gib mir einen Kuss! Nein, mir zuerst! Du bist eingeschlafen, wach auf, alter Wolf!"

Er schüttelte sie ab. „Liebe Zicklein", sagte er. „Ich muss euch etwas mitteilen. Ich habe eure Mutter getroffen."

„Wo ist sie?"

„Nicht mehr hier."

„Warum hast du sie nicht mitgebracht?"

„Sie war sehr wütend."

„Wir haben keine Angst vor ihr."

„Sie war sehr wütend auf mich."

„Fürchtest du dich vor einer alten Geiß?"

„So alt ist eure Mutter nicht. Sie ist eine attraktive Geiß im besten Alter."

„Ach was, willst du nun auch die Mutter? Reichen dir die Töchter nicht?"

„Oder hast du die Nase voll von uns und suchst nach anderen?"

„Unsere Mutter! Das ist pervers. Das geht nicht."

„Bei uns kann sie nicht einziehen."

„Ruhe", schrie der Wolf.

„Hu", kreischte die älteste Zicke. „Wie dominant. Das gefällt mir."

„Seid ruhig", schrie der Wolf. „Ich habe euch etwas mitzuteilen."

Allmählich kehrte Ruhe ein. Der Wolf überlegte kurz, dann sagte er: „Eure Mutter ist sehr erzürnt. Sie wird die Polizei schicken und uns alle festnehmen lassen …"

„Weswegen denn?", rief eine Zicke. „Was hat sie uns zu sagen, wir sind erwachsen."

„Genau", rief eine andere.

„Mehr oder weniger", sagte der Wolf. „Außerdem bauen wir Marihuana an."

„Woher weiß sie das denn?"

„Sie hat uns, ähm, ausgespäht."

„Das sind doch alles Lappalien."

„Und außerdem", sagte der Wolf langsam. „Ähm, außerdem will sie mein Konto pfänden lassen und dann haben wir kein Geld mehr und können hier nicht mehr weiterleben. Das kann ich euch nicht zumuten."

„Wieso kann unsere Mutter dein Konto sperren lassen?"

„Ähm, sie hat das größte Unternehmen weit und breit und da habe ich mir mal eine größere Summe von ihr geliehen."

„Geh doch arbeiten", sagte ein Zicklein.

„Ich kann nichts, womit ich Geld verdienen könnte", sagte der Wolf. „Ich kann jagen, aber ihr esst vegan. Und Jobs gibt es hier in den Bergen ohnehin keine."

Die Zicklein ließen die Köpfe hängen. „Was bedeutet das denn jetzt?"

„Das heißt, liebe Zicklein, dass ich euch leider nach Hause schicken muss. Es war schön mit euch, aber ich kann es nicht länger verantworten, euch bei mir zu behalten. Ich habe kein Geld mehr, die Polizei wird demnächst anrücken und eure Mutter wird sich vielleicht noch viel mehr einfallen lassen, um uns zu bedrängen. Es hat keinen Sinn, ich muss euch schweren Herzens ziehen lassen. Es war eine wundervolle Zeit, aber nun ist sie zu Ende."

„Unsinn. Was soll das? Es gibt immer eine Lösung. Das kannst du nicht machen."

Die Zicklein redeten alle durcheinander, aber letztlich wussten sie keinen Ausweg. Sie hatten ehrlich gesagt keine Lust, ohne Geld bei dem alten Wolf zu bleiben. Es war lustig gewesen, den Ashram aufzubauen, aber es war ziemlich langweilig, hier zu leben. Den ganzen Tag singen und meditieren, zwischendrin ein paar Kräuter kauen und danach wieder nur singen, tanzen, meditieren. Und die freie Liebe war nicht der Rede wert, schließlich gab es nur den einen Wolf und der war sehr oft müde. Wären sie nicht alle Geschwister gewesen, hätten sie sich gegenseitig lieben können, aber nein, die eigenen Schwestern als Liebhaberinnen, das war ihnen dann doch zu gewagt. Abgesehen davon, dass sie sich trotz aller Meditation recht häufig in die Haare gerieten.

Also willigten die Geißlein ein, den Wolf im Ashram zurückzulassen, und brachen am nächsten Tag nach Hause auf.

Als sie das Dorf erreichten, wunderten sie sich, dass die Türen der Molkerei geschlossen waren. Ein paar Milchkanister lagen umgekippt vor dem Eingang. Sie liefen zum Haus der alten Geiß. Dort war die Tür ebenfalls verschlossen. Sie holten den Ersatzschlüssel unter dem Stein im Garten hervor.

Im Häuschen lag Staub. Die Ziegenmilch im Kühlschrank war verdorben.

Sie suchten nach der Kuh und den Schafen. Die Schafe schienen das Dorf verlassen zu haben, aber die Kuh fanden sie schließlich auf einer Weide dösend. Sie käute gemächlich wieder.

„He, Kuh", riefen die Geißlein, „warum bist du nicht in der Molkerei und arbeitest?"

Die Kuh öffnete ein Auge. Ihre Kiefer mahlten weiter. Sie schaute die Geißlein an und schloss das Auge wieder.

„Was ist los", riefen die Geißlein und stupsten die Kuh mit ihren Hörnern an. „Du solltest jetzt arbeiten."

Da öffnete die Kuh beide Augen. „Die Molkerei ist geschlossen", sagte sie.

„Warum? Es ist Wochentag und die Leute trinken doch immer noch Milch!"

„Die abgepackte Milch wurde irgendwann nicht mehr abgeholt", sagte die Kuh. „Erst haben wir Käse gemacht, bis die Kammern voll waren, dann mussten wir die Milch wegschütten und schließlich lieferten uns die Bauern keine mehr. Wir konnten ja nichts dafür zahlen. Da haben wir die Molkerei geschlossen."

„Und warum wurde die verpackte Milch nicht abgeholt?"

„Wir hatten vergessen, wann sie wer wo abholen würde. Die Schafe sollten es herausfinden, aber eines hat es dem anderen aufgetragen und zuletzt hat es keines getan."

„Und du? Warum hast du dich nicht drum ge-kümmert?"

„Ich bin nicht dafür zuständig. Ich fülle die Milch ab. Was danach passiert, geht mich nichts an. Und wenn keine frische Milch da ist, dann kann ich nicht arbeiten", sagte die Kuh. „Sagt mir Bescheid, wenn ich wieder anfangen kann. Jeder-zeit." Sie schloss die Augen und widmete sich dem Vorgang des Wiederkäuens.

Die Geißlein schauten sich an. Sie hatten nie Lust gehabt, ins Molkereigeschäft einzusteigen. Aber jetzt sah es so aus, als müssten sie es tun. Es blieb ihnen nichts anderes übrig, wenn sie von etwas leben wollten.

„Eines noch, Kuh", sagte die Älteste.

„Mmm?"

„Wo ist unsere Mutter geblieben?"

„Keine Ahnung", sagte die Kuh. „Sie war einfach weg. So wie der Wolf. Vielleicht sind sie zusammen abgehauen. Wäre ein schönes Paar. Oder er hat sie gefressen. Was weiß ich. Das ist nicht mein Prob-lem. Ich fülle nur Milch ab. Wenn welche da ist."

Die Zicklein hatten genug. Ein Teil von ihnen ging nach Hause und räumte auf, der Rest sah in der Molkerei nach dem Rechten. Da die Schafe weg waren, würden sie selbst die Arbeit machen müssen. Sie schwärmten aus und redeten mit Lie-feranten und Kunden, damit die Molkerei wieder den Betrieb aufnehmen konnte. Zwei Tage später wurde die erste Milch angeliefert und die Kuh fing an, sie abzufüllen.

Wider Willen fanden die Zicklein Gefallen an der Milchwirtschaft. Die Geschäfte florierten. Die Zicklein entwickelten laktosefreie Produkte und verpassten den Verpackungen ein neues Design. Trink dich glücklich, stand jetzt auf jeder Tüte Milch. Sie gründeten ein Milchinstitut, das Milchmeditationen und Milchyoga anbot. Die Kunden zahlten gut dafür.

Bald bauten die Zicklein einen Anbau an das kleine Häuschen der Geiß. Besser gesagt war das kleine Häuschen nun ein Erker der großen Villa, in der die Zicklein und ihre Freunde wohnten. Denn Freunde hatten sie auch gewonnen. Statt des einen Wolfs liebten sie nun viele Böcke und Zicken, Stiere, Hirsche und Rehe. Es war ein Kommen und Gehen und alle waren zufrieden. Tatsächlich schien die Milch das Glück gebracht zu haben.

Die alte Geiß blieb lange Zeit mit der Jüngsten am Meer. Das Geißlein lernte einen hübschen, wenn auch recht konservativen Bock kennen, den es heiratete. Die beiden waren bald umgeben von einer Schar fröhlicher Zicklein, die zwar etwas übermütig waren – da schien das Temperament ihrer Tanten durchzuschlagen –, aber noch lange nicht erwachsen. Das jüngste Geißlein ließ seine Kinder nicht aus den Augen. Es warnte sie stets vor dem bösen Wolf, wenn es das Haus verließ. Und weil ihm das nicht genug war, gründete es zusammen mit seinem Gatten eine Bürgerinitiative gegen böse Wölfe. Sie forderten, Wölfe nicht bei den anderen

Tieren wohnen zu lassen und sie zu töten, sobald sie sich einer Siedlung näherten. Keinen Huf breit den Wölfen, war ihr Slogan. Und auch wenn er nicht wirklich einen Sinn ergab, war der Slogan einprägsam und wurde von vielen Tieren nachgeplappert.

Die Geiß konnte ihren Schwiegersohn nicht leiden. Zwar hatte auch sie früher vor dem Wolf gewarnt und versucht, ihre Zicklein vor der Unmoral der Welt zu bewahren, aber nun, im reiferen Alter, zweifelte sie, ob das der rechte Weg gewesen war. Sie erinnerte sich an ihr Gespräch mit dem Wolf, damals in den Bergen. Ein Monster war er sicher nicht gewesen. Eher müde und verzweifelt. Und – wenn sie ehrlich war, hatte der Wolf der Geiß gut gefallen. Er hatte ein warmes Fell, große, kräftige Tatzen und durchdringende, leuchtende Augen.

Manchmal, wenn die Geiß alleine in ihrem Zimmer am Meer im Bett lag und nicht schlafen konnte, dann stellte sie sich vor, der Wolf wäre bei ihr. Eine lange Zunge würde ihr Fell durchkämmen und starke Glieder würden sie umfangen. Sie schüttelte sich und verbot sich diese Gedanken. Sie war zu lange alleine gewesen. Doch sie träumte mehr und mehr vom Wolf. Schien der Mond, dann glaubte sie ihn heulen zu hören. Schließlich hielt es sie nicht mehr am Meer.

Sie sagte zu ihrer jüngsten Tochter, sie wolle die anderen Geißlein besuchen, die sie so lange nicht gesehen habe.

„Nein, Mutter Geiß", sagte die Jüngste. „Im Wald gibt es Wölfe. Geh dort nicht alleine hin. Bleib hier. Wir freuen uns, wenn du zu Besuch kommst und etwas mit den Enkeln unternimmst. Und wenn du Beschäftigung suchst: In unserer Anti-Wolf-Kampagne gibt es immer etwas zu tun. Du kannst Flugblätter verteilen oder bei Facebook Nachrichten erfinden. Wir können jedes Paar Hörner brauchen."

Die Geiß blieb jedoch dabei, dass sie auf Reisen gehen wollte.

Ihre Jüngste sagte: „Nimm wenigstens das Anti-Wolf-Spray mit!"

„Jaja", sagte die Geiß, packte ihr Bündel, ließ das Spray stehen und zog los in die Berge. Als der Vollmond schien, hörte sie in der Ferne Wolfsgeheul. Und als sie dem Klang folgte, fand sie den alten Wolf auf einem kleinen Hügel sitzen. Er war mit den Jahren nicht jünger geworden, aber er sah nicht mehr so erschöpft aus. Die Geiß stellte sich neben ihn und meckerte aus Leibeskräften, der Wolf heulte. Sie tauschten intensive Blicke und als der Mond untergangen war, brauchte es nicht viele Worte, um zu verstehen: Beide wollten den Rest ihres Lebens miteinander verbringen.

Sie zogen in ein hübsches Haus an einem Bergsee, die Geiß baute eine kleine Bio-Molkerei auf und der Wolf schrieb seine Memoiren. Weil ihm ein Ruf als Herzensbrecher vorauseilte, verkaufte sich das Buch ausgezeichnet. Die Anti-Wolf-Kampagne versuchte, das Buch verbieten zu lassen. Vor allem das jüngste Geißlein zog durch das Land und hielt hitzige Reden gegen den Wolf. Doch letztlich führte das nur dazu, dass mehr Menschen das Buch lesen wollten, das Geißlein selbst mehr Protestauftritte hatte und der Wolf dadurch wiederum bekannter wurde. Die Kampagne des jüngsten Geißleins sorgte dafür, dass Wolf und Geißlein reich und berühmt wurden.

So lebten Wolf und Geiß glücklich miteinander, die sechs Geißen waren erfolgreich und zufrieden und sogar das kleinste Zicklein hatte seine Berufung gefunden. Und wenn sie nicht gestorben sind, dann meckern und jaulen sie noch immer.

# Zweimal Marie

Eine Witwe hatte zwei Töchter. Damit sie die Namen nicht verwechselte, hatte sie beide Marie genannt. Die eine war blond und lächelte den ganzen Tag, die andere war dunkel und zog oft ein grimmiges Gesicht.

Die Witwe verkaufte reichen Leuten Stoffe und Garn. Sie ließ ihre Töchter tüchtig spinnen und weben und so lebte sie nicht schlecht, aber es war ihr nie genug. Sie trieb Marie und Marie an, schneller und länger zu arbeiten.

„Ihr Mädchen seid frisch und jung", sagte sie, „da geht euch die Arbeit leicht von der Hand. Ich selbst kann im dunklen Zimmer nicht mehr gut sehen."

Also saß sie am Herd und knackte Nüsse und die beiden Maries spannen und webten rund um die Uhr, bis ihre Hände blutig waren. Wenn die Mutter nicht im Raum war, nickten die beiden ein oder dehnten und streckten die Glieder. Aber sobald die Mutter das Zimmer betrat, wagten sie nicht von der Arbeit aufzusehen. Die Mutter würde den Stock sprechen lassen, wenn sie nicht unablässig schufteten.

Die dunkle Marie murrte und weinte, doch die helle Marie klagte nur, wenn die Mutter es nicht hörte, und lächelte und schmeichelte, sobald die Mutter nahe war.

Nun war es Frühling geworden und draußen schien herrlich die Sonne.

„Meine liebe Tochter", sagte die Witwe zur hellen Marie, „du darfst dich zum Spinnen an den Brunnen setzen, damit du frische Luft bekommst."

Die dunkle Tochter wollte mit hinaus, aber da hob die Mutter den Stock.

„Du bleibst hier in der düsteren Stube. Das passt zu deinem Gemüt und deinem hässlichen Antlitz. Du vertreibst mir die Sonne."

Die helle Marie saß also am Brunnen und blinzelte im ungewohnten Sonnenlicht. Nur einen Moment lang die Augen schließen, dachte sie und schon war sie in Schlaf gefallen. Erst als die Mutter sie ansprach, schrak sie hoch. Die Spindel glitt ihr aus den Händen und fiel in den Brunnen.

Sie lächelte und knickste und schmeichelte der Mutter, aber diesmal half es nicht. Die Mutter bestand darauf, dass sie in den Brunnen kletterte, um die Spindel wieder heraufzuholen.

„Sehr wohl", sagte die helle Marie. „Ich will es gerne tun."

Im Stillen knirschte sie mit den Zähnen und hielt mit Mühe die Tränen zurück.

Der Brunnen war ein düsteres Loch. Die Tochter war es gewohnt, zu putzen, zu spinnen und zu weben, aber das Klettern hatte sie nie geübt. Ein paar Meter weit ließ sie sich vorsichtig von Stein zu Stein hinunter, dann rutschte sie an den glitschigen Steinen ab und stürzte in die Tiefe. Doch statt sich auf dem Grund des Brunnens den Hals zu brechen, fiel sie und fiel und fiel immer weiter. Sie stürzte, bis sie ihre Angst vergaß und anfing, sich zu langweilen. Da wurde es heller, sie fiel durch eine Wolke und weiter durch klare Luft. Um sie herum kreiste eine Krähe, die ihr zuzwinkerte und dann das Weite suchte. Sie schaute nach unten und sah eine Wiese. Als wäre sie nach oben gestiegen und nicht in einen tiefen Brunnenschacht gefallen. Über ihr hing eine weiße Wolkendecke und in der Ferne versperrte Nebel die Sicht, unter ihr raste die Blumenwiese auf sie zu.

Sehr idyllisch, dachte sie, aber wenn ich aufschlage, werde ich es nicht überleben. Sie überlegte, ob sie irgendwie bremsen könnte, versuchte sogar ihren Rock weit aufzuspannen, aber es half nicht. Sie fiel mit unverminderter Geschwindigkeit, schloss die Augen und fluchte.

Wump. Sie lag im hohen Gras. Sie tastete ihren Körper ab. Alles war an Ort und Stelle. Eine Weile saß sie benommen auf der Wiese. Vögel sangen, Bienen summten und es roch wunderbar nach frischem Brot. Brot! Ihr Magen knurrte.

Gierig schaute sie sich um und entdeckte einen Ofen.

Aus dem Ofen rief es: „Zieh mich heraus, ich bin längst kross! Ich werde verbrennen."

Sofort griff Marie nach dem Brotschieber, öffnete die Ofentür und holte nicht nur eines, sondern zehn Brote heraus. Sie hätte gerne eines gegessen, denn es roch köstlich. Aber sie wagte nicht, einen einzigen Krümel zu verzehren. Sie hoffte, dass der Ofen ihr zur Belohnung ein Brot schenken würde. Doch er verstummte, sobald sie alle Brote herausgenommen hatte. Also ging sie hungrig weiter.

Da hörte sie wieder jemanden rufen. Ein Apfelbaum hing voller reifer Äpfel. Sie hatte nicht nur schrecklichen Hunger, sondern auch Durst. Ein Apfel wäre eine schöne Erfrischung.

Der Baum rief: „Schüttel mich und rüttel mich. Meine Äpfel sind reif und müssen geerntet werden."

Die helle Marie holte alle Äpfel vom Baum. Sie sahen herrlich prall und saftig aus, aber sie traute sich nicht, einen einzigen Apfel zu essen. Der Baum bot ihr keinen an und so ging sie durstig und hungrig von dannen.

Nun kam sie an ein Haus, aus dem schaute eine alte Frau heraus, die hatte lange, schiefe Zähne und ein undurchdringliches Gesicht. Die helle Marie wollte sich vorbeidrücken, doch die Alte rief nach ihr.

„Fürchte dich nicht, mein hübsches Kind. Wenn du bei mir bleibst, mir den Haushalt führst und die Betten ordentlich aufschüttelst, dann sollst du ein schönes Leben haben und alle Tage gut essen."

Eigentlich hatte die helle Marie in ihrem Leben schon viel zu viel Hausarbeit getan, aber sie war so hungrig und durstig, dass sie bei dem Gedanken an eine Mahlzeit sofort einwilligte, sich bei der Alten zu verdingen.

In der ersten Zeit war sie recht zufrieden. Es gab genug zu essen und die Arbeit war zu schaffen. Schließlich lebte die alte Frau alleine und hatte nur zwei kleine Zimmer. Aber nach ein paar Wochen kam eine andere alte Frau zu Besuch. Der gefiel es, von der hellen Marie aufs Beste versorgt zu werden, und so blieb sie, zauberte sich eine eigene Hütte neben die erste und verlangte, ebenfalls bedient zu werden. Die helle Marie lächelte und nickte, obwohl sie keine Lust hatte, zwei alte Schachteln zu umsorgen, wenn sie vorher nur einer hatte zu Willen sein müssen. Sie wagte aber nicht zu widersprechen.

Die beiden Alten hatten es recht gemütlich. Sie saßen im Schaukelstuhl, rauchten ein Pfeifchen und ließen sich verwöhnen. Vor allem die Betten sollte die helle Marie immer ordentlich ausschütteln. Die Federn sollten fliegen, sagten die beiden Alten. Obwohl Marie dachte, dass das für ein Federbett doch eigentlich nicht gut war, tat sie wie geheißen. Wundersamerweise wurden die Betten nicht leichter, obwohl jeden Tag die Federn herausstoben.

Die helle Marie stöhnte und schimpfte über die viele Arbeit, aber nur, wenn sie keiner hörte. Sie widersprach auch nicht, als die Enkel der beiden alten Frauen zu Besuch kamen, beschlossen zu bleiben und die beiden Hütten in ein großes Haus verwandelten, in dem zwölf Personen lebten. Obwohl die Enkel nicht alt waren, rührten sie keinen Finger. Marie konnte die Arbeit kaum bewältigen, aber sie gab keine Widerworte.

Es kam, wie es kommen musste. Nach und nach wurde das Haus größer und größer und es zogen immer mehr Leute ein. Schließlich eröffneten die beiden Alten ein Hotel. Und weil die helle Marie Tag und Nacht rackerte und die Betten mit letzter Kraft gut aufschüttelte, war das Hotel beliebt und meist ausgebucht.

Der hellen Marie war es bei ihrer Mutter in der Oberwelt nicht gut gegangen. Es hatte karge Kost gegeben und harte Arbeit und wenig gute Worte. Doch nun sehnte sich Marie an die Oberwelt zurück. Manchmal, wenn sie die Betten ausschüttelte und zuschaute, wie die Federn flogen, glaubte sie, weit unten das Dorf zu sehen, in dem sie aufgewachsen war. Natürlich konnte das nicht stimmen, weil sie ja unter der Erde war. Auch schüttelte sie die Betten aus den Fenstern des Hauses und davor war, wie sie wohl wusste, ein Weg und eine Wiese, ein Hühnerhaus und ein Misthaufen. Wie konnte sie da aus dem Fenster etwas anderes sehen? All das war sehr verwirrend und sie hatte keine Zeit für komplizierte Gedankengänge. Dennoch blickte sie beim Bettenmachen sehnsüchtig den Flocken hinterher und stellte sich vor, sie könne mit ihnen zurücksegeln zu ihrer Mutter.

Endlich war ihr das Herz so schwer, dass sie ihren Mut sammelte und zu Frau Holle ging, der alten Frau, die sie eingestellt hatte. Die saß in einem goldenen Morgenmantel zwischen ihren Goldsäcken, trank Likör und rauchte edle Kräuter.

„Was willst du, Kind?", fragte sie. „Hast du nichts zu tun?"

„Doch, gute Frau, aber ich muss euch etwas fragen", sagte Marie. Ihr Herz klopfte und ihre Knie zitterten, aber sie sprach weiter. „Ich habe solches Heimweh. Ich habe euch lange guten Dienst getan. Könnt ihr mich nicht gehen lassen?"

„Wie willst du denn nach Hause kommen, du dummes Ding? Du bist in die Unterwelt gefallen, da kannst du nicht einfach wieder hinauf aus einer Laune heraus. Das ist hier nicht Wünsch dir was!"

„Liebe Frau Holle", sagte die helle Tochter, „ich weiß, dass ihr magische Kräfte habt, ihr könnt mich bestimmt wieder zurückbringen."

„Papperlapapp. Was du dir einbildest. Einmal in den Brunnen gefallen, immer in den Brunnen gefallen. Du wirst schon hierbleiben müssen. Sei froh, dass du ein Auskommen hast. Du bist ein Fremdling in diesem Land und hast weder Papiere noch Rechte. Zurück an die Arbeit, bald ist Mittagszeit und ich rieche noch keinen Braten."

„Bitte, liebe Frau", sagte die helle Marie und weinte und bettelte. Aber so sehr sie der alten Frau schmeichelte, die wollte sie nicht gehen lassen. Wer sollte dann die Arbeit tun? Also schuftete Marie sich weiter die Finger wund. Sie sah keinen Ausweg. Sie würde in diesem Hotel die Betten machen, putzen und kochen, bis sie tot zu Boden fiel.

Währenddessen hatte die dunkle Marie auch kein gutes Leben. Sie musste die Arbeit alleine tun und die Mutter sah keinen Grund, warum sie einer Tochter weniger auftragen sollte als zweien.

„Wäre deine Schwester nicht so dumm gewesen, in den Brunnen zu fallen, dann könntet ihr euch die Arbeit teilen und hättet ein bequemes Leben wie zuvor. Aber sie hat uns im Stich gelassen. Bedanke dich bei ihr, wenn du nun für sie mitarbeiten musst. Jetzt hast du wenigstens Grund, grimmig zu gucken", sagte die Mutter. „Aber sehen will ich dein Gesicht nicht. Bleib in der dunklen Stube und mach dich nützlich, wenn du schon kein schöner Anblick bist."

Tag um Tag saß die dunkle Marie im Düstern und arbeitete. Eines Tages war sie so verzweifelt, dass sie nicht mehr weiterleben wollte. Als sie die Mutter im Morgengrauen zum Brunnen schickte, um Wasser zu holen, sprang die dunkle Marie in den Brunnen und wollte sterben.

Wie ihre Schwester schlug sie aber nicht auf dem Grund des Brunnens auf. Sie stürzte eine lange Zeit und landete schließlich auf der Blumenwiese.

Wieder roch es köstlich nach Brot und der Ofen bat um Hilfe. Die dunkle Marie lief zum Ofen hinüber.

„Zieh uns raus, zieh uns raus!", riefen die Brote von drinnen.

„Aber wie seid ihr denn in den Ofen hineingekommen und wer hat den Ofen angeheizt?", fragte Marie.

„Frag nicht so dumm. Zieh uns raus, zieh uns raus!"

„Jemand muss euch in den Ofen gesteckt haben. Am Ende bekomme ich Probleme mit dem Bäcker, wenn ich euch heraushole. Und wer weiß, ob ihr wirklich schon gar seid!"

„Wenn wir es dir sagen! Wir sind Brote, wir sind vom Fach. Zieh uns raus, schnell, sonst verbrennen wir."

„Na gut, ich sehe mal nach."

Sie öffnete die Ofentür, holte ein Brot heraus und probierte.

„Au! Beiße uns nicht, sondern zieh uns raus!"

„Ich muss mir doch ein Bild machen."

„Schnell, hol uns raus!"

„Wie heißt das Zauberwort mit Doppel-T?"

„Aber flott!"

Die dunkle Tochter lachte und holte geschwind alle Brote aus dem Ofen.

„Danke", sagten die Brote.

„Und was kriege ich dafür?"

„Wie? Das hat noch keine gefragt!"

„Soso, ihr lasst euch öfter von Fremden herausholen? Kommen hier so viele hilfsbereite Menschen vorbei? Was, wenn ihr tatsächlich verbrennt, bevor euch jemand helfen kann?"

„Du stellst zu viele Fragen", sagten die Brote. „Die anderen waren nicht so lästig."

„Aber das ist doch wirklich merkwürdig."

„Lass uns in Ruhe."

„Ihr könntet euch ruhig erkenntlich zeigen. Ich hätte euch nicht helfen müssen. Und schon gar nicht, wenn ihr es drauf anlegt. Was ist das denn für ein Spiel?"

Die Brote tuschelten. Dann sagten sie: „Du kannst das kleine Brot dort hinten mitnehmen, aber iss es nicht auf. Es ist ein magisches Brot und du wirst es noch brauchen."

Das kleine Brot war schief und krumm, aber die dunkle Tochter steckte es ein.

„Bedanke mich", sagte sie.

„Es war uns eine Ehre, mit dir Geschäfte zu machen", sagten die Brote. „Gerne wieder!"

Marie verabschiedete sich und ging weiter über die Wiese. Da rief der Apfelbaum nach ihr.

„Schüttel mich, rüttel mich, meine Äpfel sind längst reif!"

„Das sehe ich", sagte Marie. „Aber es wird wohl einen Bauern geben, dem du gehörst. Und wenn ich die Äpfel ernte, wird er nicht glücklich sein."

„Wir sind reif und müssen geerntet werden", riefen jetzt die Äpfel selbst.

„Da müsst ihr euren Bauern fragen."

„Bitte, schüttel mich, rüttel mich", sagte der Apfelbaum und die Äpfel stimmten ein. „Pflück uns!"

„Na gut, ich will mal nicht so sein. Ich hoffe nur, dass ich keinen Ärger kriege", sagte die dunkle Marie, schüttelte den Apfelbaum und sammelte alle Äpfel ordentlich ein.

„Danke", sagten die Äpfel.

„Gern geschehen", sagte Marie. „Bekomme ich etwas dafür, dass ich euch geholfen habe?"

„Das ist ja unerhört. Lohn will sie haben!", riefen die Äpfel und der Apfelbaum zitterte empört, dass es Blätter regnete.

„Ach, treibt ihr dasselbe Spiel wie der Ofen und vertraut darauf, dass euch schon jemand helfen wird? Ich kann mir nicht vorstellen, dass hier viele Fremde vorbeikommen. Da könntet ihr leicht verfaulen."

„Du verstehst nicht, worum es hier geht."

„Tatsächlich habe ich keine Ahnung. Aber ich weiß, dass ich für euch gearbeitet habe, und da könntet ihr euch erkenntlich zeigen."

„Noch keine hat einen Lohn gefordert."

„Dann bin ich eben die Erste", sagte Marie.

Die Äpfel kullerten aufgeregt herum und der Baum raschelte, aber nach einer Weile räusperte sich der reifste und glänzendste Apfel und sagte feierlich: „Wir haben beschlossen, dass du dir den kleinen Apfel da hinten nehmen darfst. Aber iss ihn nicht auf. Es ist ein magischer Apfel und du wirst ihn noch brauchen."

Die dunkle Marie bedankte sich.

„Gern geschehen", riefen die Äpfel. „Wir haben nie darüber nachgedacht, aber eigentlich hast du recht. Wir sollten den Mädchen etwas dafür geben, wenn sie uns helfen. Das ist nur fair. Eine Hand wäscht die andere. Danke für den Denkanstoß."

„Mit euch ist gut Geschäfte machen", sagte Marie, steckte den kleinen Apfel ein und ging weiter.

Nach einer Weile litt sie starken Hunger und Durst. Beim Gedanken an das Brot und den Apfel in ihrer Tasche lief ihr das Wasser im Mund zusammen. Aber sie sparte beides auf. Wer weiß, wofür sie es noch brauchen würde.

Sie kam an ein großes Haus. „Bei Frau Holle" stand auf einem Schild. „Bestes Hotel am Platze". Marie war sehr müde und hungrig, doch leider hatte sie kein Geld, um im Hotel zu übernachten. Also stand sie unschlüssig vor dem Haus und sog die Essensdüfte ein, die herausdrangen.

„Komm herein, liebes Kind", sagte eine alte Frau in einem goldenen Morgenmantel.

„Ich habe kein Geld."

„Das macht nichts", sagte die Alte. „Du kannst hier wohnen und jeden Tag gut und reichlich essen, wenn du putzt und kochst und die Betten aufschüttelst. Wir können eine helfende Hand gut gebrauchen."

Marie zögerte, aber die Alte sagte: „Iss erstmal etwas."

Frau Holle klatschte in die Hände und schon standen auf einem Tisch ein Teller mit dampfendem Eintopf und ein Krug Wein. Marie fasste zu und ließ es sich schmecken.

„Nun, mein Kind, willst du bei mir bleiben und mir helfen?", fragte die Alte.

„Was bekomme ich denn dafür?", fragte Marie.

„Wie bitte?"

„Ich habe nach dem Lohn gefragt."

„Du wirst schon keinen Schaden davon haben", sagte die Alte.

„Das ist recht unkonkret. Ich würde gerne wissen, woran ich bin. Sonst kann ich in keinen Arbeitsvertrag einwilligen."

„Vertrag?", sagte die Alte. „Das habe ich mir noch nie von einem Mädchen sagen lassen müssen."

„Sie haben Mädchen ohne Vertrag für sich arbeiten lassen?"

„Und sie haben nicht geklagt", sagte die Alte.

„Das mag ja sein, aber besser regelt man die Ansprüche vorher. Was ist mit Urlaub, mit den wöchentlichen Arbeitsstunden, wie schaut es mit den Kündigungsfristen aus? Wir wollen doch später keinen Ärger miteinander bekommen."

„Du bist frech, mein Kind", sagte die Alte.

„Ich fürchte, wir werden nicht handelseins", sagte die dunkle Marie. „Ich werde mir wohl ein anderes Auskommen suchen müssen."

„Halt", sagte die Alte, die dringend eine Hilfskraft brauchte, denn die helle Marie schaffte es einfach nicht mehr, alles alleine in Ordnung zu halten. „Von mir aus, lass uns einen Vertrag abschließen."

Und so regelten sie genau, wann Marie arbeiten musste, wann sie Pausen hatte, wie oft sie frei nehmen durfte und wie viel sie für ihre Arbeit erhalten würde an Kost, Logis und Gold. Dann schlugen sie ein und die dunkle Marie ging in die Küche, um mit der Arbeit zu beginnen.

Die Alte schaute ihr mit grimmigem Gesicht hinterher. Die neue Dienstmagd gefiel ihr nicht, allein es herrschte Arbeitskräftemangel in der Unterwelt.

In der Küche traf die dunkle Marie ihre Schwester. Sie erkannte sie erst nach ein paar Augenblicken, weil sie so verhärmt aussah. Doch dann umarmte sie sie.

„Ich dachte, du wärst tot!"

„Manchmal wünschte ich mir, ich hätte mir beim Sturz in den Brunnen das Genick gebrochen."

„Was ist denn so schlimm?"

„Ich muss alleine das ganze Hotel versorgen. Keiner außer mir rührt einen Finger. Die alte Frau Holle lässt sich gut bezahlen und nimmt immer mehr Gäste auf. Und ich bekomme nur wenig zu essen und zu trinken und ein paar Stunden Schlaf in der Nacht."

„Jetzt sind wir zu zweit. Ich habe angeheuert", sagte die dunkle Marie.

„Oh je, du Dummkopf", sagte die helle Marie.

„Freust du dich nicht, mich zu sehen?"

„Doch, natürlich. Aber jetzt bist auch du dieser alten Frau auf den Leim gegangen und wirst arbeiten, bis du nicht mehr kannst."

„Ich habe dafür gesorgt, dass ich Pausen habe und gut bezahlt werde."

Die helle Marie schaute verwirrt.

„Ich habe einen guten Vertrag ausgehandelt", sagte ihre Schwester. „Frau Holle schien ganz erpicht darauf, mich einzustellen."

„Vertrag?"

„Ja, Häschen, sag bloß, du arbeitest hier einfach auf guten Glauben?"

Da heulte die helle Marie erst recht.

„Ich werde mich zu Tode arbeiten. Die Alte lässt mich nicht mehr weg."

„Warum gehst du nicht einfach?"

„Ich weiß nicht, wie ich zurück in die Oberwelt komme. Frau Holle weiß bestimmt einen Weg, aber sie will mir nicht helfen."

„Die wär ja schön blöd, so eine gute Arbeitskraft laufen zu lassen."

„Und so muss ich hier bleiben. Dir wird es nicht anders ergehen."

„Immerhin habe ich einen Vertrag."

„An die Oberwelt kommst du damit nicht."

„Dort hat es mir ohnehin nicht gefallen. Jetzt lass mich dir helfen, das Abendessen vorzubereiten."

In den nächsten Tagen arbeiteten beide Schwestern Seite an Seite. Die Arbeit ging besser voran und die helle Marie schöpfte Mut. Da erklärte Frau Holle, da sie ja nun zwei Dienstmädchen habe, würde sie einen Flügel an das Haus anbauen und damit die Bettenzahl im Hotel verdoppeln.

Die helle Marie brach zusammen, schluchzte und bat um Gnade. Die dunkle Marie sagte nur, sie würde nicht eine Minute länger arbeiten, als vereinbart war.

Frau Holle rollte mit den Augen. Sie schwieg eine Weile, dann sagte sie zur dunklen Marie: „Ich mache dir einen Vorschlag. Ich schicke dich in die Oberwelt und du wirbst dort ein paar Mädchen an, die mir helfen. Du lässt sie unterschreiben, dass sie bei mir bleiben werden. Dann müssen sie nur noch in den Brunnen springen. Aber das weißt du ja. Sobald drei Mädchen angekommen sind, lass ich deine Schwester gehen."

„Ich will gar nicht zurück in die Oberwelt", sagte die dunkle Marie. „Außerdem fände ich es nicht fair, andere Mädchen dazu zu überreden, hier bis an ihr Lebensende zu schuften."

„Dann wird deine Schwester wohl all die zusätzliche Arbeit machen müssen."

Die helle Marie schrie und klagte. Sie flehte ihre Schwester an, zu tun, was Frau Holle vorschlug.

Die dunkle Marie sagte: „Lass doch meine Schwester nach oben gehen. Auch sie kann dir Mädchen schicken!"

„Ich trau ihr nicht. Sie ist weder geschäftstüchtig noch ehrlich", antwortete Frau Holle.

„Sie gibt dir nie Widerworte. Und sie arbeitet für dich auf Treu und Glauben."

„Eben drum", sagte Frau Holle. „Ihr ist nicht zu trauen. Entweder du gehst und wirbst andere an oder deine Schwester wird sich zu Tode arbeiten."

So ging es lange hin und her, doch die dunkle Marie gab nicht nach. Schließlich fluchte Frau Holle und willigte ein, die helle Marie gehen zu lassen. Denn sie war ganz angetan von der Idee, gleich drei Mädchen für sich arbeiten zu lassen, und die helle Marie war nicht mehr sehr leistungsfähig. Sollte sie gehen. Während sie weg war, müsste die dunkle Marie jedoch Überstunden machen, bis alles getan war.

„Gegen den doppelten Stundensatz", sagte die.

„Jaja, ist schon recht", grummelte Frau Holle. „Aber du darfst nicht kündigen und musst hierbleiben und für mich arbeiten, bis deine Schwester drei Mädchen als Ersatz für dich geschickt hat."

„Mach dir keine Sorgen, Schwester", sagte die Helle. „Ich werde rasch dafür sorgen, dass Frau Holle Arbeitskräfte genug hat und du tun kannst, was du willst."

Da willigte die dunkle Marie ein.

Die helle Marie war überglücklich. Sie umarmte ihre Schwester und küsste ihr die Hände. Frau Holle führte sie dann zurück durch den Apfelgarten, vorbei am Backofen und weiter, bis sie an einen Torbogen kamen.

„Geh hindurch, nimm deinen Lohn, aber vergiss dein Versprechen nicht", sagte Frau Holle.

Die helle Marie trat unter den Torbogen und reines Gold fiel auf sie herab. Ihre Haare und ihr Gewand waren damit überzogen und zu ihren Füßen lagen goldene Taler aufgehäuft.

„Solange du mir andere Mädchen schickst, soll dir das Gold nicht ausgehen", sagte Frau Holle.

„Natürlich. Lebt wohl", sagte die helle Marie und ging durch das Tor.

Schon stand sie auf dem Hof der Mutter. Da die nun keine Marie mehr im Hause hatte, musste sie alles Tuch und Garn selbst herstellen. Die harte Arbeit setzte ihr zu und zudem verdiente sie nur noch mit Müh und Not ihren Lebensunterhalt. Als die helle Marie ins Zimmer trat, war die Mutter daher hocherfreut. Und als sie erst das viele Gold sah, das ihre Tochter mitbrachte, hieß die Mutter Marie herzlich willkommen und umarmte sie. Von einem Goldstück ließ sie ein herrliches Abendessen bringen. Sie ermunterte Marie, es sich munden zu lassen. Dazu herzte sie ihre reiche Tochter und nannte sie nur noch „meine Goldmarie".

Von Stund an lebten die beiden in Saus und Braus. Ihr Versprechen hatte die helle Marie darüber wohl vergessen, denn sie versuchte keine armen Mädchen für Frau Holle anzuwerben.

Einige Leute konnten sich noch erinnern, dass die helle Marie in den Brunnen gestürzt und später die zweite Marie hinterhergesprungen war. Zwei Töchter im Brunnen, das war ein schlimmes Schicksal, über das sich die Leute gern unterhielten. Die arme Witwe, hatten sie gesagt. Warum hat sie die Mädchen auch nicht gut behandelt, das hat sie nun davon.

Jetzt war die Witwe die reichste Frau weit und breit. Und ihre Goldmarie strahlte und leuchtete. Es kamen Freier von weither, um sich die gute Partie näher zu betrachten.

Es ließ den Leuten keine Ruhe. Wie war diese glückliche Wende zustande gekommen? Und warum machte die Tochter ein Geheimnis daraus? Wollte sie anderen nicht dasselbe Glück gönnen?

Die Leute besuchten die Witwe und ihre Tochter und fragten immer wieder, wie die Tochter zu ihrem Glück gekommen sei. Die erzählte von einer schönen Fee und einem verwunschenen Wald mit Einhörnern und davon, wie sie viele Abenteuer bestanden und dadurch das Gold redlich erworben hätte.

Die Leute glaubten ihr nicht. Viel zu vage waren die Erzählungen. Und war die Tochter nicht eigentlich in den Brunnen gefallen?

Bald gingen viele Menschen zum Brunnen hinüber und schauten hinein. Der Schacht war finster und moderfeucht. Unmöglich, dass an seinem Boden das Glück wartete. Außerdem war die zweite Schwester nicht mit Gold bedeckt zurückgekehrt, obwohl sie in denselben Brunnen gesprungen war.

Dennoch kamen Geschichten auf über den Brunnen. Am Grunde sollte eine verwunschene Unke leben, die einen Schatz bewachte.

Schließlich war ein Mädchen unglücklich und verzweifelt genug, um ihr Glück zu versuchen. Sie stieg in den Brunnen, rutschte ab, fiel und landete wie die beiden Maries auf der Blumenwiese.

„Zieh uns raus!", riefen die Brote. „Du bekommst dafür auch ein Brot von uns!"

Das Mädchen packte zu und konnte schon seinen Hunger stillen.

Es schlenderte weiter über die Blumenwiese, bis es zu den Apfelbäumen gelangte.

„Pflück uns, liebes Mädchen!", riefen die Äpfel. „Du darfst dir dann auch ein paar Äpfelchen mitnehmen."

Auch das ließ sich das Mädchen nicht umsonst sagen. Und so hatte sich ihr Leben in der Unterwelt schon zum Besseren gewendet. Die Sonne schien, sie hatte Brot und Äpfel gegessen. Sollte wirklich das Glück am Grunde des Brunnens wohnen?

Schließlich erreichte das Mädchen das Hotel. Frau Holle schoss heraus und schüttelte ihm die Hand.

„Wunderbar, wunderbar", sagte sie. „Endlich bist du da. Hat die Marie doch nicht vergessen, was sie mir versprochen hat. Du kannst gleich in die Küche gehen und anfangen."

In der Küche fand das verwunderte Mädchen die dunkle Marie.

„Willkommen bei Frau Holle!", sagte die. „Ich kann Hilfe brauchen, aber ich hoffe, du hast dich nicht verpflichtet, kostenlos für die Alte zu arbeiten."

„Woher wusstet ihr, dass ich kommen würde?", fragte das Mädchen.

„Hat dir meine Schwester nicht gesagt, dass du hier als Dienstmädchen arbeiten sollst?"

„Ach woher. Ich bin in den Brunnen gesprungen, weil ich das Glück finden wollte. Deine Schwester hat damit nichts zu tun. Und immerhin bin ich schon satt geworden."

„Nun wirst du hier arbeiten müssen."

„Arbeiten musste ich oben auch. Das macht mir nichts, wenn die Bedingungen gut sind."

„Dann lass uns zur Frau Holle gehen und einen Vertrag aushandeln."

Gesagt getan. Frau Holle war nicht begeistert, aber sie gab nach. Sie sicherte auch der Neuen Urlaub und Pausen und eine gute Bezahlung zu.

Es dauerte nicht lange, da sprang ein weiteres verzweifeltes Mädchen in den Brunnen und auch sie wurde im Hotel angestellt. Und bald kam eine Dritte. Frau Holle freute sich, dass die helle Marie scheinbar ihr Wort gehalten hatte. Die dunkle Marie wollte sie dennoch nicht gehen lassen, aber der war es ganz recht zu bleiben, nun da sie drei Kolleginnen hatte.

Allerdings ärgerte sich Frau Holle jeden Monat, wenn sie vier Dienstmädchen ihren Lohn auszahlen musste. Frau Holle mochte das Gold lieber einnehmen als ausgeben.

Nach einer Weile rief sie also die vier Mädchen zu sich und verkündete, dass sie ab sofort nur noch den halben Lohn zahlen würde. Und Urlaub gäbe es ebenfalls keinen mehr. Solche Vergünstigungen wären nicht länger tragbar.

„Was?", sagte die dunkle Marie. „Wir haben einen Vertrag mit dir abgeschlossen. Du musst dich daran halten!"

„So, muss ich das? Was wollt ihr denn machen, um mich dazu zu zwingen?"

„Wir sind keine Leibeigenen, wir sind Angestellte mit Rechten!"

„Ihr könnt eure Rechte aber nicht geltend machen. Wenn ich euch an die Luft setze, werdet ihr elend verhungern. Ihr seid hier fremd, ihr kennt euch nicht aus, ihr habt keine Arbeitserlaubnis. Eure Verträge sind illegal, so wie ihr illegale Einwanderinnen seid."

„Du hast uns betrogen."

„Das spielt keine Rolle, weil ihr mich nicht dafür bestrafen lassen könnt. Wisst ihr was? Weil ihr so undankbar seid, kürze ich euren Lohn komplett. Ihr bekommt zu essen und zu trinken, das kostet mich schon genug. Kost, Logis und ein wenig Schlaf jeden Tag, das könnt ihr haben. Und jetzt schert euch an die Arbeit, faules Pack."

Die Mädchen jammerten und schimpften, aber Frau Holle hatte kein Einsehen.

Marie sagte: „Dann treten wir in Streik!"

„Ihr könnt nicht streiken", sagte Frau Holle. „Wenn ihr nicht spurt, dann setze ich euch raus. Und wenn ihr von mir nicht durchgefüttert werdet, dann verhungert ihr. In diesem Teil der Unterwelt könnt ihr nur in meinem Hotel Arbeit finden. In die anderen Reiche der Unterwelt kommt ihr nicht hinein. Die Nebelwände sind für Oberweltler verschlossen. Im Grunde seid ihr keine Arbeitskräfte, sondern Almosenempfängerinnen, die dafür ein wenig arbeiten. Und aus lauter Warmherzigkeit, euch ein Auskommen zu geben, mache ich mich sogar strafbar. Nicht dass es für mich Konsequenzen hätte, ihr könnt ja nicht klagen als Rechtlose. Aber dennoch bringe ich ein großes Opfer."

„Das lasse ich mir nicht gefallen!", rief die dunkle Marie.

Die drei anderen wollten alles tun, was Frau Holle verlangte. Marie wollte sie zum Widerstand aufrufen, aber die drei fürchteten sich zu sehr.

„Ich selbst bleibe aber nicht", sagte Marie.

„Nun gut", sagte Frau Holle. „Ich hatte ja ohnehin zugesagt, dich gehen zu lassen, wenn deine Schwester drei Mädchen schickt. Dann halt ich eben dieses Versprechen ein. Ist mir ganz egal. Geh. Aber ich werde dir deinen Lohn nicht geben. Und ich werde dich auch nicht zurück an die Oberwelt schicken. Du wirst schon sehen, was du davon hast."

So verließ Marie Frau Holle und das Hotel. Die anderen Mädchen umarmten sie und weinten immer mehr. Sie hatten für sich selbst wenig Hoffnung, denn sie würden sich nun für karges Brot abrackern müssen ohne Pause, aber sie fürchteten, dass die Marie bald sterben müsste. Die jedoch war entschieden. Sie würde nicht einlenken.

Sie ging zurück zur Blumenwiese. Der Apfelbaum trug keine Äpfel und auch der Ofen war kalt und leer. Sie wanderte weiter, bis sie an den Torbogen kam, durch den ihre Schwester gegangen war. Sie schaute neugierig hindurch, sie lief hindurch, aber nichts geschah.

Lange Zeit irrte sie in der Unterwelt umher, von Nebelgrenze zu Nebelgrenze. Sie konnte nicht hindurch gelangen. Manchmal fand sie ein paar Früchte und Wurzeln, die sie gierig verschlang, aber zum Überleben würde es nicht lange reichen. Ihr Magen schmerzte und ihre Zunge klebte vor Durst am Gaumen. Schließlich kam sie wieder an den Torbogen. Müde ließ sie sich ins Gras sinken. Sie konnte nirgends hin und zurück zur Frau Holle wollte sie nicht. War das das Ende?

Verzweifelt durchwühlte sie zum wiederholten Male ihre Taschen auf der Suche nach etwas Essbarem. Nichts war zu finden, außer dem total verschrumpelten Apfel und dem steinharten kleinen Brot. Sie hatte beides aufbewahrt, in der Hoffnung, dass es sich wirklich um magische Dinge handeln mochte. Doch bislang hatte weder der Apfel noch das Brot ein Wunder bewirkt, obwohl sie sie beschworen, beschimpft und geschüttelt hatte.

Beides sah auch nicht aus, als könne man es noch essen, aber sie war so verzweifelt, dass sie daran nagte.

„Au", rief das magische Brot und „Hör auf damit!", rief der Apfel.

„Pardon", sagte Marie. „Ich wollte euch nicht wehtun. Ich bin nur so hungrig und durstig und müde."

„Dann beiß uns nicht, sondern grab mich ein und wirf das Brot in die Luft", sagte der Apfel und das Brot nickte, so gut ein Brot nicken kann.

„Wozu soll das gut sein?"

„Frag nicht so viel, sondern mach einfach."

„Aber ihr seid das Letzte, was ich habe."

„Tu, was wir sagen! Wir verstehen mehr von Magie als du."

Die dunkle Marie zögerte, doch dann warf sie das kleine Brot in die Luft, so hoch sie konnte. Das runde Brot flog weit hinauf, bis sie es aus den Augen verlor. Enttäuscht starrte sie in den leeren Himmel.

„Mist", rief sie und stampfte mit dem Fuß. Jetzt war das Brot auch noch weg.

Doch dann erschien ein winziger Punkt am Himmel, der größer und größer wurde. Etwas fiel herab. Das Ding kam näher und näher und raste auf Marie zu. Wenn das das Brot war, war es ordentlich gewachsen. Marie machte einen Satz zur Seite, keine Sekunde zu früh, denn schon machte es rumms und neben ihr stand ein eiserner Ofen, so ähnlich wie der auf der Blumenwiese. Es roch köstlich. Sie öffnete die Ofentür und fand frisches Brot und Kuchen. Und auf dem Ofen standen ein Krug mit Wein und ein Krug mit Wasser.

„Greif zu, es wird nicht alle werden", sagte der Ofen freundlich.

Marie ließ es sich schmecken und tatsächlich kam für jedes Stück, das sie aß, ein neues Brot oder ein neues Gebäck hinzu, und auch die Krüge füllten sich auf, sobald sie daraus getrunken hatte.

„Vielen Dank", rief sie.

„Nichts zu danken!" sagte der Ofen und knickste.

„Und ich", fragte das kleine runzelige Äpfelchen. „Hast du mich vergessen?"

„Soll ich dich wirklich eingraben?"

„Natürlich, ich hab das doch gesagt. Hör doch einmal zu, Marie!"

Da grub Marie mit den Händen ein kleines Loch, steckte das Äpfelchen hinein und bedeckte es wieder sorgfältig mit Erde. Während sie noch die Erde festdrückte, arbeitete sich zwischen ihren Fingern ein Spross hindurch. Der Spross richtete sich auf. Er wuchs und wuchs. Aus dem Spross wurde ein Stämmchen und aus dem Stämmchen wurde ein Baum, der in den Himmel ragte. Rund um den Stamm standen Äste wie die Stufen eine Wendeltreppe. Der Baum hatte Blätter wie ein Apfelbaum und nun erschienen Blütenknospen, die aufbrachen und den Baum in eine weiße Wolke hüllten. Marie stand nah am Stamm, mitten in der duftenden Blütenhülle. Unzählige Bienen und Hummeln summten, als ob der Baum selbst mit Marie sprechen würde. Sie setzte einen Fuß auf den untersten Ast und wurde sanft auf den nächsten gehoben und so glitt sie in einer Spirale um den Stamm herum nach oben. Wie im Traum wurde sie durch das Blütenmeer getragen.

Dann wurde sie mit einem kleinen Schubs nach draußen befördert und stand vor dem Haus ihrer Mutter. Sie schaute sich um. Blätter und Blüten verhüllten den Apfelbaum bis zum Boden. Niemand konnte vermuten, dass er eine Treppe in die Unterwelt verbarg.

Sie ging zum Haus und klopfte. Es kam keine Antwort, also drückte sie die Klinke hinunter und trat in die Stube. Am Tisch saß ihre Schwester mit der Mutter. Beide machten ein langes Gesicht, denn das Gold der hellen Marie war inzwischen zur Neige gegangen. Frau Holle hatte aufgehört, es nachzufüllen.

„Schaut, wer wieder da ist", sagte die Mutter.

„Hast du keinen Lohn gekriegt?", fragte die helle Marie. Doch dann biss sie sich auf die Lippen und sie wurde rot, weil sie sich an ihr gebrochenes Versprechen erinnerte.

„Hör mal", sagte die Mutter, „wo ist denn dein Gold? Deine Schwester hat sich besser geschlagen.

Du bist und bleibst eine Pechmarie. Willst du dich jetzt wieder hier durchfüttern lassen?"

Da sagte die dunkle Marie Lebewohl, ging wieder zum Apfelbaum und ließ sich von ihm nach unten tragen.

Sie aß ein bisschen Kuchen und dachte nach. Was sollte sie nun in der Unterwelt anfangen? Zwar litt sie keine unmittelbare Not mehr, aber sie konnte nicht ihr Lebtag lang alleine auf der Wiese sitzen bleiben.

Am nächsten Morgen ging sie zu Frau Holles Hotel. Sie schlüpfte in die Küche. Die drei Dienstmädchen freuten sich sehr, dass sie noch am Leben war. Die dunkle Marie erzählte ihnen von dem Ofen, der Hunger und Durst stillte, und von der Treppe in die Oberwelt.

„Ihr könnt jederzeit gehen, wenn ihr wollt", sagte sie. „Frau Holle kann euch nicht mehr zwingen, zu ihren Bedingungen zu bleiben. Lasst uns neu mit ihr verhandeln."

Gesagt getan. Frau Holle grummelte und brummelte, aber sie musste den Dienstmädchen nun einen fairen Lohn und gute Arbeitsbedingungen anbieten. Zwei der neuen Mädchen und die dunkle Marie blieben bei ihr, das dritte Mädchen kehrte lieber zurück in die Oberwelt.

Dort erzählte sie von ihrem Abenteuer und bald kletterten weitere Mädchen im Apfelbaum hinunter, die in der Oberwelt kein gutes Leben hatten und gerne im Hotel arbeiten wollten. Frau

Holle stellte fest, dass zufriedene Angestellte ihrem Hotel gar nicht so schlecht taten. Sie musste sie weniger beaufsichtigen und antreiben. Die Schonung bekam ihr. Sie spürte in den letzten zweihundert Jahren langsam das Alter und selbst das Goldzählen strengte sie an. Mit der Zeit übertrug sie mehr und mehr Aufgaben an die dunkle Marie. Schließlich zog sie sich in einen anderen Teil der Unterwelt zurück und Marie übernahm das Hotel.

Sie führte es mit großem Erfolg, was auch daran lag, dass nun Gäste aus der Oberwelt kamen. „Bei Frau Holle" hatte sich als Geheimtipp herumgesprochen. Immer mehr Menschen wollten die besondere Welt am Fuße des geheimnisvollen Apfelbaums erkunden. Viele wollten gerne ein Hotel mit Gnomen, Zwergen, Wurzelschraten und Erdgeistern teilen. Das war einmal etwas anderes. Manchen Unterweltlern wurde der Rummel schon zu viel. Früher, zu Frau Holles Zeiten, war es hier abgeschieden und exklusiv gewesen. Seit Menschen herumschnüffelten, war es nicht mehr dasselbe. Besonders Gnome rümpften die Nase. Das Hotel war vermenschelt.

Doch die dunkle Marie war zufrieden und die Frauen, die für sie arbeiteten, ebenfalls. Sie hatten ein gutes Auskommen und die Arbeit ließ sich gut verteilen. An die Oberwelt sehnten sie sich nicht zurück.

Und wenn sie nicht gestorben sind, dann kann man noch immer im Hotel „Bei Frau Holle" zu einem angemessenen Preis äußerst angenehm übernachten. Man muss nur den Zugang zur Unterwelt finden.

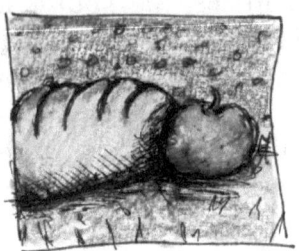

Zeitfracht Medien GmbH
Ferdinand-Jühlke-Straße 7
99095 Erfurt, Deutschland
produktsicherheit@kolibri360.de